沈復 著 彭令 整理 崇賢書院 釋譯

浮生六記

第三冊

北京聯合出版公司

（承上冊）

原文 思齋先生名襄，是年冬，即相隨習幕於奉賢官舍。有同習幕者，顧姓名金鑒，字鴻幹，號紫霞，亦蘇州人也。爲人慷慨剛毅，直諒不阿，長余一歲，呼之爲兄。鴻幹即毅然呼余爲弟，傾心相交。此余第一知己交也，惜以二十二歲卒，余即落落寡交，今年且四十有六矣，茫茫滄海，不知此生再遇知己如鴻幹者否？憶與鴻幹訂交，襟懷高曠，時興山居之想。重九日，余與鴻幹俱在蘇，有前輩王小俠與吾父稼夫公喚女伶演劇，宴客吾家，余患其擾，先一日約鴻幹赴寒山登高，借訪他日結廬①之地。芸爲整理小酒榼②。

註釋 ①結廬：建造房屋。晉陶潛《飲酒》詩之五：「結廬在人境，而無車馬喧。」唐杜甫《杜鵑》詩之二：「我昔遊錦城，結廬錦水邊。」②酒榼：古代用來貯酒的器具，可提挈。唐皎然《酬秦山人出山見呈》詩：「手攜酒榼共書幃，回語長松我即歸。」

譯文 蔣思齋先生單名一個襄字，這年冬天，我就跟著蔣先生在奉賢官衙學習做幕僚。其中有一個和我一同學習的，他叫顧金鑒，字鴻幹，號紫霞，也是蘇州人。鴻幹爲人慷慨剛毅，正直不阿，比我大一歲，因此，我稱他爲兄。鴻幹也毫不猶豫地稱我爲弟，我們兩個傾心交談。這是我第一個知心朋友，可惜，他二十二歲就去世了，從此，我就落落寡歡，很少和人結交了，今年我已經四十六歲了，茫茫人海中，不知道我這輩子還能不能再遇到像鴻幹那樣的知己了？想起我和鴻幹結交的時候，我們的胸懷高遠開闊，還曾有到深山隱居的想法。重陽節的時候，我和鴻幹都在蘇州，有一個叫王小狹的前輩和我的父親沈稼夫請來戲班唱戲，在我家擺下宴席招待賓客，我很不喜歡被打擾，於是，我就提前一天約鴻幹到寒山登高，順便遊覽一下曾經住過的地方。陳芸爲我準備要喫的酒菜。

原文 越日天將曉，鴻幹已登門相邀。遂攜榼出胥門，入麵肆，各飽食。渡胥江，步至橫塘棗市橋，雇一葉扁舟，到山日猶未午。舟子頗循良，令其糴米煮飯。余兩人上岸，先至中峰寺。寺在支硎古剎之南，循道而上，寺藏深樹，山門寂靜，地僻僧閒，見余兩人不衫不履①，不甚接待，余等志不在此，未深入。歸舟，飯已熟。飯畢，舟子攜榼相隨，囑其子守船，由寒山至高義園之白雲精舍。軒臨峭壁，下鑿小池，圍以石欄，一泓秋水，崖懸薜荔，牆積莓苔。

註釋 ①不衫不履：衣著不整齊。多形容一個人不拘小節，性情灑脫。前蜀杜光庭《虬髯客傳》：「文靜素奇其人，一旦聞有客善相，遽致使迎之。使回而至，不衫不履，裼裘而來，神氣揚揚，貌與常異。」

譯文 第二天天剛亮，鴻幹就已經到我家叫我出發了。我們帶著酒盒出了胥門，到了麵館，我倆飽飽地喫了一頓。然後我們又渡過胥江，一直走到橫塘的棗市橋，在那裏，我們雇了一條小船，等我們坐船到寒山的時候，還沒到中午。船夫是個很友善的人，他讓人幫忙買米爲我們做了飯。我們兩個人上岸以後，先到中峰寺。這個寺在支硎山古廟的南邊。我們沿著山路往上走，寺廟隱藏在樹林的深處，山門前冷清寂靜，寺廟的位置很偏僻，裏面的和尚也很悠間，和尚看到我們兩個衣衫不整，接待的時候都不太熱情，我們本來不想在這裏長待，因此，也沒仔細遊覽。等我們再回到船上的時候，船夫已經把飯做好了。我們喫過飯，船夫拿著酒盒跟我們一起上了岸，他還囑咐他的兒子好好看著船，上岸後，我們從寒山寺一直走到高義園的白雲精舍。房屋緊挨著峭壁，房屋下面被鑿出一個小水池，四周用石欄圍著，裏面注滿了秋水，懸崖上掛著薜荔，牆面上長著草莓似的苔蘚。

【原文】坐軒下，惟聞落葉蕭蕭，悄無人跡。出門有一亭，囑舟子坐此相候。余兩人從石罅中入，名「一線天」，循級盤旋，直造其巔，曰「上白雲」，有庵已坍頹，存一危樓，僅可遠眺。小憩片刻，即相扶而下，舟子曰：「登高忘攜酒榼矣。」鴻幹曰：「我等之遊，欲覓偕隱地耳，非專爲登高也。」舟子曰：「離此南行二三里，有上沙村，多人家，有隙地，我有表戚范姓居是村，盍往一遊？」余喜曰：「此明末徐俟齋先生隱居處也，有園聞極幽雅，從未一遊。」於是舟子導往。

【譯文】我們坐在房下，衹聽到樹葉蕭蕭落地的聲音，沒有人的蹤跡。我們出了門看到一個亭子，我和鴻幹囑咐船夫坐在這裏等候。然後，我們兩個從石縫中進入，這個地方叫「一線天」，我們沿著臺階盤旋向上，一直走到山頂，這裏叫「上白雲」，這裏有一座就要坍塌的庵廟，衹有一個危樓，僅可在遠處眺望。我們休息了一會兒，就相互攙扶著走下來，船夫說：「你們爬山的時候忘了帶酒盒了。」鴻幹回答道：「我們這次出遊，衹是想找一個安靜的地方，不是爲了登高飲酒的。」船夫聽了以後，說：「從這裏往南走二三里，有個上沙村，那裏住著很多人家，也有多餘的房子，我有一個范姓的表親就住在那裏，你們何不到那裏去遊覽呢？」我高興地說：「這是明末徐俟齋先生隱居的地方，聽說那裏的園子極爲幽雅，可惜我從來沒去過。」於是，船夫帶著我們到那裏。

原文 村在兩山夾道中。園依山而無石，老樹多極紆回盤鬱之勢，亭榭窗欄盡從樸素。竹籬茅舍，不愧隱者之居。中有皂莢亭，樹大可兩抱。余所歷園亭，此爲第一。園左有山，俗呼雞籠山，山峰直豎，上加大石，如杭城之瑞石古洞，而不及其玲瓏。旁一青石如榻，鴻幹臥其上曰：「此處仰觀峰嶺，俯視園亭，既曠且幽，可以開樽矣。」因拉舟子同飲，或歌或嘯，大暢胸懷。土人知余等覓地而來，誤以爲堪輿①，以某處有好風水相告。鴻幹曰：「但期合意，不論風水。」（豈意竟成讖語②！）酒瓶既罄，各采野菊插滿兩鬢。

註釋 ①堪輿：「堪」即高處，「輿」即下處。堪輿意爲風水，指住宅基地或者墓地的形勢。也指相宅相墓的方法。②讖語：讖言。迷信的人用來指事後應驗的話。

譯文 村子在兩山的夾道中。園子依山而建，但沒有一塊石頭。多年的老樹多數是紆回盤結的樣子，亭閣臺榭窗戶欄杆都很樸素。竹籬笆，茅草屋也都像隱士居住的樣子。在院子中間還有皂莢樹，樹幹很粗，需要兩個人纔能抱住。我所看過的園亭，這個算得上第一。園子的左側有山，俗稱雞籠山，山峰直豎，在上面有一塊大石頭，就像杭州的瑞石古洞，但是沒有那個小巧玲瓏。山旁邊有一個像床一樣的青石，鴻幹躺在上面說道：「這裏抬頭看峰嶺，低頭可看園亭，既開闊又深幽，我們可以開懷暢飲了。」於是，我們拉著船夫和我們一起喝酒，我們有時唱歌，有時呼喊，敞開心胸盡情玩樂。村子裏的人知道我們是來找地方的，誤會我們是看風水，就告訴我們哪裏有好地方。鴻幹說：「祇要是符合心意的，不管風水如何。」（這句話後來竟然一語成讖！）我們喝完酒，各采了一些野菊插在兩鬢上。

原文 歸舟，日已將沒。更許抵家，客猶未散。芸私告余曰：「女伶中有蘭官者，端莊可取。」余假傳母命呼之入內，握其腕而睨之，果豐頤白膩。余顧芸曰：「美則美矣，終嫌名不稱實。」芸曰：「肥者有福相。」余曰：「馬嵬①之禍，玉環之福安在？」芸以他辭遣之出。謂余曰：「今日君又大醉耶？」余乃歷述所遊，芸亦神往者久之。

註釋 ①馬嵬：地名。在今陝西興平。唐李商隱《馬嵬》詩之一：「君王若道能傾國，玉輦何由過馬嵬。」唐陳鴻《長恨歌傳》：「潼關不守，翠華南幸，出咸陽，道次馬嵬亭，六軍徘徊，持戟不進，從官郎吏伏上馬前，請誅晁錯以謝天下，國忠奉犛纓盤水，死於道周。」

譯文 當我們回到船上的時候，天已經黑了。沒多久，我們就回到家，家裏的客人還沒散。芸私下告訴我說：「唱戲的人裏有個叫蘭官的，樣貌端莊可愛。」我假傳我母親的意思叫蘭官進屋來，我握著她的手仔細地看，果然豐滿白皙。我對陳芸說道：「她確實長得很美，衹是名字和本人有些不符。」陳芸說：「胖的人有福相。」我說：「當年出現馬嵬坡的災禍，如何能看出楊玉環的福分呢？」陳芸就找了藉口讓她出去了。然後對我說：「今天你又喝了很多吧？」我就和她講述了我一天的遊歷，陳芸聽了以後羨慕了很長時間。

原文 癸卯春，余從思齋先生就維揚①之聘，始見金、焦面目。金山宜遠觀，焦山宜近視，惜余往來其間未嘗登眺。渡江而北，漁洋②所謂「綠楊城郭是揚州」一語已活現矣！平山堂離城約三四里，行其途有八九里，雖全是人工，而奇思幻想，點綴天然，即閬苑③瑤池、瓊樓玉宇④，諒不過此。其妙處在十餘家之園亭合而爲一，聯絡至山，氣勢俱貫。

其最難位置處，出城八景，有一里許緊沿城郭。夫城綴於曠遠重山間，方可入畫，園林有此，蠢笨絕倫。而觀其或亭或臺、或牆或石、或竹或樹，半隱半露間，使遊人不覺其觸目，此非胸有丘壑者斷難下手。

註釋 ①維揚：惟，通「維」。揚州的別稱。《尚書・禹貢》：「淮海惟揚州。」唐劉希夷《江南曲》之五：「潮平見楚甸，天際望維揚。」明李東陽《九日渡江》詩：「直過眞州更東下，夜深燈火宿維揚。」②漁洋：清代詩人王士禛的別號爲「漁洋山人」，省稱「漁洋」。③閬苑：閬風之苑，傳說中僊人居住的地方。唐王勃《梓州郪縣靈瑞寺浮圖碑》：「玉樓星峙，稽閬苑之全模；金闕霞飛，得瀛洲之故事。」清王韜《淞濱瑣話・糵娘》：「二女有時靚妝炫服，憑朱欄而延佇，見者疑爲閬苑神僊，縹緲天外。」④瓊樓玉宇：指神話傳説中月宮裏的亭臺樓閣。宋蘇軾《水調歌頭·丙辰中秋作兼懷子由》詞：「我欲乘風歸去，又恐瓊樓玉宇，高處不勝寒。」

【譯文】癸卯年春天，我跟隨蔣思齋先生到揚州就聘，我也是首次看到了金山、焦山的真正面目。金山適合在遠處觀看，而焦山適宜在近處欣賞，可惜，我曾經多次路過這裏，都沒能登上山頂欣賞風景。渡過長江向北走，王漁洋《浣溪沙》中提到的「綠楊城郭是揚州」的景色就活靈活現地出現在眼前了！平山堂離城有三四里，但是兩地之間的路有八九里，雖然道路全是由人工開鑿，但是奇思妙想設計得渾然天成，景色被點綴得很自然，即使是閬苑瑤池、瓊樓玉宇，料想也不過如此。景色的妙處就在設計者將十多家園

林亭臺合成一個整體，和山脈也連成一體，氣勢一脈貫通。其中，最難佈置的位置是出城的八處景色，大概有一里的距離，和城市緊挨著。城市如果被點綴在空曠的遠山之間，纔能構成一幅優美的景物畫，如果在園林中點綴城市，那就顯得非常蠢笨了。如果仔細的欣賞其中的風景，無論是亭還是臺，牆或石，竹或樹，都被設計得若隱若現，遊人不會感到彆扭，如果沒有坦蕩的心胸是很難設計出這樣的格局的。

【原文】城盡，以虹園爲首摺而向北，有石梁曰「虹橋」，不知園以橋名乎？橋以園名乎？蕩舟過，曰「長堤春柳」，此景不綴城腳而綴於此，更見佈置之妙。再摺而西，壘土立廟，曰「小金山」，有此一擋便覺氣勢緊湊，亦非俗筆。聞此地

本沙土，屢築不成，用木排若干，層疊加土，費數萬金乃成，若非商家，烏能如是。過此有勝概樓，年年觀競渡於此。河面較寬，南北跨一蓮花橋，橋門通八面，橋面設五亭，揚人呼爲「四盤一暖鍋」，此思窮力竭之爲，不甚可取。橋南有蓮心寺，寺中突起喇嘛白塔，金頂纓絡，高矗雲霄，殿角紅牆松柏掩映，鐘磬時聞，此天下園亭所未有者。

譯文 在城的盡頭，以虹園的景色爲開端，摺身向北走，有一個叫「虹橋」的石樑，不知道園子是因爲橋而得名呢？還是橋因爲園子而得名呢？坐著船從橋下穿過，就能看到「長堤春柳」，此處景色沒有安排在城腳而被點綴在此，更能看出設計者的精妙用心。在向西轉，在一處壘起的土臺上建著一座小廟，廟名爲「小金山」，

有了這個小廟，馬上讓人覺得氣勢緊湊，絕不是設計的敗筆。我早聽說此地原本是沙土，修建了很多次都沒成功，人們用了許多木排，一層層排好後，再用土夯實，花費了數萬兩銀子纔最終建成，如果不是有錢人家，誰能建得起呢。從這裏走過就到了勝概樓，人們每年都會到這裏觀看賽龍舟。這裏的河面比較寬，河上有一座蓮花橋橫跨南北，橋門向八個方向開放，橋上建有五座亭子，揚州人稱之爲「四盤一暖鍋」，這是窮盡才思智慧的做法，沒甚麼可取的地方。在橋的南面有一個蓮心寺，寺中有一座拔地而起的喇嘛白塔，金色的頂端環繞著絲帶，塔頂高聳入雲，在大殿的角落處有紅色的牆，牆與松柏交相輝映，鐘磬的聲音不時傳來，這是天下的園亭沒有的景致。

原文 過橋見三層高閣，畫棟飛簷，五采絢爛，疊以太湖石，圍以白石欄，名曰「五雲多處」，如作文中間之大結構也。過此名「蜀岡朝陽」，平坦無奇，且屬附會。將及山，河面漸束，堆土植竹樹，作四五曲。似已山窮水盡，而忽豁然開朗，平山之萬松林已列於前矣。「平山堂」爲歐陽文忠公①所書。所謂淮東第五泉，真者在假山石洞中，不過一井耳，味與天泉同；其荷亭中之六孔鐵井欄者，乃系假設，水不堪飲。九峰園另在南門幽靜處，別饒天趣，余以爲諸園之冠。康山未到，不識如何。此皆言其大概，其工巧處、精美處，不能盡述，大約宜以豔妝美人目之，不可作浣紗溪上觀也。余適恭逢南巡盛典，各工告竣，敬演接駕點綴，因得暢其大觀，亦人生難遇者也。

註釋 ①歐陽文忠公：歐陽修，見前注。

譯文 走過橋可以看見三層的高閣，閣樓上的飛簷畫棟，顏色絢爛，在閣樓上還有用太湖石壘成的假山，並在四周用白石欄杆圍著，被命名爲「五雲多處」，就和寫作時中間的一大段一樣，起到承上啟下的作用。走過這個地方，就能看到一個名爲「蜀岡朝陽」的景點，景色平淡無奇，給人牽強附會的感覺。等快到山腳的地方，河面漸漸變窄，人們在上面堆上土種上竹子，並做成四五個彎。看起來好像已經是山窮水盡的地步了，忽然又豁然開朗，眼前馬上出現了平山堂的萬松林。「平山堂」匾額上的大字是歐陽修所寫的。所謂的淮東第五泉，真正的泉眼在假山的石洞中，其實祇是一口井，泉水和雨水的味道一樣；在荷亭中的六孔的鐵欄杆圍著的水井，其實是假的，裏面的水根本沒法喝。在南門幽靜的一個地方坐落著九峰園，景色設計得很有情趣，我認爲是各個園子中景色最好的。我沒去過康山，不知道景色如何。我衹是講述了揚州園林大概的情況，其中設計的巧妙，精美的地方，不是我能完全說出來的，大概可以將這些美景看成是濃妝豔抹的美人，而不能和浣紗溪上的西施同等看待。我在遊覽的時候，正巧遇到皇帝舉行南巡的盛典，各個工程都已竣工，人們恭敬地練習接駕的儀式，因此，我有幸能暢快淋漓地欣賞景色，這也是人生百年一遇的事情。

原文 甲辰之春，余隨侍吾父於吳江明府幕中，與山陰章蘋江、武林章映牧、苕溪顧藹泉諸公同事，恭辦南斗圩行宮①，

得第二次瞻仰天顔。一日，天將晚矣，忽動歸興。有辦差小快船，雙櫓兩槳，於太湖飛棹疾馳，吳俗呼爲「出水轡頭」，轉瞬已至吳門橋。即跨鶴騰空，無此神爽②。抵家，晚餐未熟也。吾鄉素尚繁華，至此日之爭奇奪勝，較昔尤奢。燈彩眩眸，笙歌聒耳，古人所謂「畫棟雕甍」、「珠簾繡幕」、「玉欄干」、「錦步障」，不啻過之。

註釋 ①行宮：古代京城以外，帝王出行時臨時居住的宮室。南朝梁沈約《光宅寺刹下銘》：「光宅寺蓋上帝之故居，行宮之舊兆。」唐盧象《駕幸溫泉》詩：「細草終朝隨步輦，垂楊幾處繞行宮。」②神爽：神俊。多指良馬、猛禽等姿態雄健。南朝宋劉義慶《幽明錄》：「楚文王少時好獵。有一人獻一鷹，文王見之，爪

距神爽，殊絕常鷹。」明郎瑛《七修類稿・辯證上・〈世說新語〉記事多謬》：「侃（陶侃）意正欲誅亮（庾亮），以謝天下。亮猶豫不敢……溫（溫嶠）云：『溪狗我所悉知，卿但見之。』因而陶見庾貌丰姿神爽，遂改觀，歡宴終日。」

【譯文】甲辰年的春天，我跟著父親在吴江何縣令的衙門做幕僚。我們和山陰章蘋江、武林章映牧、苕溪顧靄泉幾位一起在衙門做幕僚，領命承辦修建南斗圩行宫，這樣我有機會第二次見到皇上。有一天，天就要黑了，我忽然想要回家。衙門裏有辦差事的小快船，兩個櫓兩個槳，我坐上這樣的小船在太湖上飛馳，吴地俗稱這樣的小船爲「出水轡頭」，我劃著小船很快就到了吴門橋。我想即使是騎著僊鶴騰空飛翔，也不會像這樣神清氣爽。我到家的時候，家裏的晚飯還沒做好。我的家鄉向來崇尚繁華，在皇帝南巡的這天，各地更是張燈結綵，比平時更加奢侈。燈光彩繪眩人的眼目，笙歌歌舞令耳朵感到聒噪，場面比古人所說的「畫棟雕甍」、「珠簾繡幕」、「玉欄干」、「錦步障」，有過之而無不及。

【原文】余爲友人東拉西扯，助其插花結彩，閒則呼朋引伴①，劇飲狂歌，暢懷遊覽，少年豪興，不倦不疲。苟生於盛世而仍居僻壤，安得此遊觀哉？是年，何明府因事被議，吾父即就海寧王明府之聘。嘉興有劉蕙階者，長齋佞佛②，來拜吾父。其家在煙雨樓側，一閣臨河，曰「水月居」，其誦經處也，潔静如僧舍。煙雨樓在鏡湖之中，四岸皆綠楊，惜無多竹。有平臺可遠眺，漁舟星列，漠漠平波，似宜月夜。

註釋　①呼朋引伴：招引脾氣相投的人一起做某事。多含貶義。清張岱《陶庵夢憶・揚州清明》：「（博徒）呼朋引伴，以錢擲地，謂之跌成。」②佞佛：諂媚佛，討好於佛。後來用於來形容迷信佛教。《晉書・何充傳》：「郗愔及弟曇奉天師道，而充與弟準崇信釋氏，謝萬譏之云：『二郗諂於道，二何佞於佛。』」

譯文　我常常被朋友東拉西扯，被叫去幫他們插花結彩，閒暇的時候，我就把朋友叫來，大家在一起開懷暢飲，放聲高歌，盡情遊覽，我們青春年少，興致豪放，根本不知道疲倦。如果生在盛世但是住在偏僻的地方，那麼怎麼會有這樣的浪遊經歷呢？這一年，何縣令因為一些事情被查處，我父親就接受了海寧縣王縣令的聘請。嘉興有一個叫劉蕙階的人，他常年喫齋信佛，他專程來拜訪我的父親。他家在煙雨樓的旁邊，有一個閣樓臨近河邊，名為「水月居」，那裏也是他誦經的地方，乾淨整潔得就像和尚住的地方。煙雨樓在鏡湖之中，四岸都是翠綠的楊柳，可惜竹子很少。有一處平臺能夠遠眺，放眼望去，漁船星羅頗佈，水波廣漠平坦，好像更適合在月夜欣賞。

原文　衲子備素齋甚佳。至海寧，與白門史心月、山陰俞午橋同事。心月一子名燭衡，澄靜緘默，彬彬儒雅，與余莫逆①，此生平第二知心交也。惜萍水相逢，聚首無多日耳。遊陳氏安瀾園，地佔百畝，重樓複閣，夾道回廊；池甚廣，橋作六曲形；石滿藤蘿，鑿痕全掩；古木千章，皆有參天之勢；鳥啼花落，如入深山。此人工而歸於天然者。余所歷平地之假石園亭，此爲第一。

註釋 ①莫逆：語出《莊子・大宗師》：「（子祀、子輿、子犁、子來）四人相視而笑，莫逆於心，遂相與爲友。」後來人們就用莫逆形容志同道合，交誼深厚。南朝梁沈約《七賢論》：「山王二公悅風而至，相與莫逆。」宋陳師道《送秦觀》詩之二：「結友眞莫逆，論才有不如。」

譯文 和尚準備的素齋也特別好喫。到了海寧，我和金陵人史心月、山陰人俞午橋一起做事。心月有個兒子叫史燭衡，他心地純淨，緘默無言，待人彬彬有禮，儒雅高貴，和我結成了莫逆之交，這是我的第二個知心朋友。可惜我們萍水相逢，聚在一起的時間不多。我曾經到陳氏的安瀾園遊覽，那佔地有一百畝，園中的樓上

蓋著樓，閣裏建著閣，夾道和回廊連接；園子中的池子很大，橋也被建成六曲形；石頭上滿是藤蘿，打鑿的痕跡都被掩蓋了；園子中的參天大樹千姿百態；鳥盡情鳴叫，鮮花隨意落下，就像進入深山中。這是人工建造的園子，但給人一種渾然天成的感覺，我所見過的平地假石園亭，這個園子算得上第一。

原文 曾於桂花樓中張宴，諸味盡爲花氣所奪，惟醬薑味不變。薑桂之性老而愈辣，以喻忠節之臣，洵不虛也。出南門即大海，一日兩潮，如萬丈銀堤破海而過。船有迎潮者，潮至，反棹相向，於船頭設一木招，狀如長柄大刀，招一捺，潮即分破，船即隨招而入，俄頃始浮起，撥轉船頭隨潮而去，頃刻百里。塘上有塔院，中秋夜曾隨吾父觀潮於此。循

塘東約三十里，名尖山，一峰突起，撲入海中，山頂有閣，匾曰「海闊天空」，一望無際，但見怒濤接天而已。

【譯文】我曾在桂花樓設宴，所有菜肴的味道都被花的香氣掩蓋了，祇有醬薑的味道沒有改變。生薑、桂皮的品性是越老越辣，用它們來比喻忠節的大臣，確實很有道理。出了安瀾園的南門就能看到大海，那裏一天有兩次潮湧，就好像萬丈的銀色長堤，沖破海面滔滔而過。海面上有迎著潮水而上的人，等海水漲潮的時候，他們就把船頭向著潮水，並在船頭放上一個木棓，木棓的形狀就像是一把長柄的大刀，木棓一旦被按下，潮水就被分開，船就能隨著木棓駛到潮水中，過一會兒，纔能浮起來，船夫掉轉船頭隨著潮水駛去，一會就能行駛百里遠。在水塘上有個塔院，我曾在中秋的晚上跟隨我的父親在那裏觀看大潮。沿著水塘向東走三十里，有一座尖山，一座孤峰拔地而起，撲入海中，山頂上有一個閣樓，上面有一塊匾，匾上寫著「海闊天空」。站在閣樓上，放眼望去，除了可以看到一望無際的海水連接著遠處的天空，其他甚麼都看不到了。

【原文】余年二十有五，應徽州績溪克明府之召，由武林下「江山船」，過富春山，登子陵[1]釣臺。臺在山腰，一峰突起，離水十餘丈。豈漢時之水竟與峰齊耶？月夜泊界口，有巡檢署，「山高月小，水落石出」，此景宛然。黄山僅見其腳，惜未一瞻面目。績溪城處於萬山之中，彈丸小邑，民情淳樸。近城有石鏡山，由山彎中曲摺一里許，懸崖急湍，濕翠欲滴；漸高至山腰，有一方石亭，四面皆陡壁；亭左石削如屏，青色光潤，可鑒人形，俗傳能照前生。黃巢②至此，照爲猿猴形，縱火焚之，故不復現。

註釋

①子陵：嚴光的字。東漢余姚人。曾與漢光武帝劉秀同遊學，劉秀即位後，隱姓埋名，後被召至京師洛陽，授諫議大夫，不受而退隱於富春山。唐劉長卿《泛曲阿後湖簡同遊諸公》詩：「且習子陵隱，能忘生事憂。」唐溫庭筠《渭上題》詩：「呂公榮達子陵歸，萬古煙波繞釣磯。」宋范仲淹《過方處士舊隱》詩序：「某景佑初，典桐廬郡，有七里瀨，子陵之釣臺在。」明王世貞《鳴鳳記·獻首祭告》：「早知道禍機隱伏，誰羨著掛冠歸，便做了子陵、靖節也來追。」②黃巢：唐末農民起義軍領袖。曹州冤句（今山東菏澤西南）人。私鹽販出身。乾符二年（八七五年）起兵回應王僊芝起

義。王僊芝戰死後，被推爲領袖，稱「沖天大將軍」。率起義軍南下進入福建，攻克廣州，又回軍北伐。廣明二年（八八一年）初進入長安，建立政權，國號「大齊」。後被唐軍包圍，缺糧無援，被迫撤出長安。因腹背受敵，屢戰失利，不久退至泰山狼虎谷，兵敗自殺。

譯文

我二十五歲那年，接受了安徽績溪縣克縣令的招聘，從武林上「江山船」，路過富春山，登上了子陵釣臺。在釣臺的山腰處有一個山峰突起，離水面有十多丈。難道漢代的時候，江水和山峰是齊平的嗎？在一個有月亮的晚上，我把船停在了浙江和安徽交界的界口，那裏有負責治安的巡檢署。「山高月小，水落石出」，說的好像就是我眼前見到的景色。在這裏，我祇能看到黃山山腳，可惜我不能欣賞整個黃山的景色。績溪城處在萬山之中，是座彈九小

鎮，這裏的民情淳樸。績溪城鄰近有一座石鏡山，從山彎中曲摺向前走一里多的路就可以看到懸崖陡峭，四周的景色蒼翠欲滴；漸漸向高處走，到了山腰處，就會看到一個方石亭，亭子四面都是陡壁，亭子左邊的石頭陡峭得就像屏風，顏色光亮，可以照到人的樣子，傳說，這塊石頭能照到人的前世。黃巢曾經到過這裏，他發現石頭中照出的自己前世是猿猴，一怒之下就放火燒了石壁，從此，石壁再也照不出前世了。

原文 離城十里有火雲洞天，石紋盤結，凹凸巉岩，如黃鶴山樵筆意，而雜亂無章，洞石皆深絳色。旁有一庵甚幽靜，鹽商程虛谷曾招遊設宴於此。席中有肉饅頭，小沙彌眈眈旁視，授以四枚，臨行以番銀二圓爲酬，山僧不識，推不受。告以一枚可易青錢七百餘文，僧以近無易處，仍不受。乃攢湊青蚨六百文付之，始欣然作謝。他日余邀同人攜榼再往，老僧囑曰：「曩者小徒不知食何物而腹瀉，今勿再與。」可知藜藿①之腹不受肉味，良可嘆也。

註釋 ①藜藿：指貧賤的人。南朝梁江淹《效阮公詩》之十一：「藜藿應見棄，勢位乃爲親。」

譯文 離城十里的地方有一個火雲洞天，那裏岩石上的花紋盤旋糾結，山石高低起伏，有些像元代王蒙山水畫的筆意，但又有些雜亂無章，洞中的石頭都是深紅色。在這旁邊有一座幽靜的小庵，鹽商程虛谷曾經在這裏擺下宴席邀請一同遊覽的朋友。在宴席上，他準備了肉饅頭，小沙彌在一旁聚精會神地盯著，程虛谷看了就給了小沙彌四個饅頭，臨走的時候還給了小和尚兩塊銀元作爲酬謝，山裏的和尚不認識銀元，推脫不要。程虛谷告訴和尚，一塊銀元能換七百多文銅錢，和尚以附近沒有兑換的地方爲由，仍然不要。程虛谷於是湊了六百枚銅錢交給和尚，和尚這纔收下道謝。又過了幾天，我約同事帶著酒盒再去那裏遊玩，老和尚囑咐說：「上一次，我的徒弟也不知道喫了甚麼，結果拉肚子，今天你們再別給他任何東西了。」可以想到，喫慣了野菜的肚子受不了葷腥的刺激，實在可憐呀。

原文 余謂同人曰：「作和尚者，必居此等僻地，終身不見不聞，或可修真養靜。若吾鄉之虎丘山，終日目所見者妖童豔妓，耳所聽者弦索笙歌，鼻所聞者佳餚美酒，安得身如枯木、心如死灰哉？」又去城三十里，名曰仁里，有花果會，十二年一舉，每舉各出盆花爲賽。余在績溪適逢其會，欣然欲往，苦無轎馬，乃教以斷竹爲杠，縛椅爲轎，雇人肩之而去，同遊者惟同事許策廷，見者無不訝笑。至其地，有廟，不知供何神。

譯文 我對同事說：「當和尚的，一定要住在這樣僻靜的地方，一輩子都聽不到、見不到其他的東西，這樣也許能真正修身養性。如果住在我的家鄉虎丘山那樣的地方，每天看到的都是濃妝豔抹的妓女，耳朵裏聽到的也是絲竹歌舞的聲音，鼻子聞到的是佳餚美酒的香氣，又怎麼能進入身如枯木、心如死灰的境界呢？」離城三十里有個叫仁里的地方，那里有十二年舉辦一次的花果會，每次舉辦的時候，各家都會把家里的盆花拿出來參加比賽。我在績溪的時候，正巧趕上舉辦花果會，我很高興地要去觀看，可是我沒有轎子，也沒有馬，於是，我就砍斷竹子做成杠子，綁在椅子上當成轎子，雇了人抬著我去參加花果會，和我一起遊覽的衹有同事許策廷，其他的人看到我們都忍不住譏笑。到了仁里，我們看到有一座廟，但不知道供著哪位神僊。

原文 廟前曠處高搭戲臺，畫梁方柱極其巍煥①，近視則紙紮彩畫，抹以油漆者。鑼聲忽至，四人抬對燭大如斷柱，八人抬一豬大若牯牛，蓋公養十二年始宰以獻神。策廷笑曰：「豬固壽長，神亦齒利。我若爲神，烏能享此。」余曰：「亦足見其愚誠也。」入廟，殿廊軒院所設花果盆翫，並不剪枝拗節，盡以蒼老古怪爲佳，大半皆黄山松。既而開場演劇，人如潮湧而至，余與策廷遂避去。未兩載，余與同事不合，拂衣歸里。

註釋 ①巍煥：亦作「巍奐」。盛大光明，高大輝煌。《平山冷燕》第一回：「當傳諭群臣，或頌或箴，或詩或賦，以少增巍煥之光。」清褚人獲《堅瓠餘集·陸稼書代任》：「見二隸在前引路，至一處，宮殿巍奐。」劉師培《文說》：「渾噩之風既革，巍煥之運斯開。」

譯文 廟前開闊的地方，有人搭了一座戲臺，雕樑畫棟，極爲巍峨燦爛。我走到近前仔細觀看，發現是紙紮彩畫，然後塗上油漆做成的。忽然，我聽到一陣鑼聲，四個人抬著一對像柱子一樣的大蠟燭，八個人抬著一頭像牛一樣大的豬走了過來，這頭豬是這裏的人養了十二年今天用來祭神的。策廷笑著說：「豬雖然長壽，神僊的牙齒也得鋒利纔能喫得下。我如果是神僊，就不能享用了。」我說：「這也能看出這裏的人很憨厚老實。」說完，我們走進廟裏。我們看到，在大殿、走廊、房間、院子中都擺著花果、盆景，植物都沒經過修剪，都以蒼老古怪爲佳，大多是黃山松。一會兒，戲就開始了，遊人像潮水一樣湧過來，我和策廷避開離去。沒過兩年，我和同事不和，於是，我就收拾東西回到家鄉。

原文 余自績溪之遊，見熱鬧場①中卑鄙之狀不堪入目，因易儒爲賈。余有姑丈袁萬九，在盤溪之僊人塘作釀酒生涯，余與施心耕附資合夥。袁酒本海販，不一載，值臺灣林爽文②之亂，海道阻隔，貨積本摺，不得已仍爲馮婦③。館江北四年，一無快遊可記。迨居蕭爽樓，正作煙火神僊，有表妹倩徐秀峰自粵東歸，見余閒居，慨然曰：「足下待露而爨，筆耕而炊，終非久計，盍偕我作嶺南遊？當不僅穫蠅頭利也。」芸亦勸余曰：「乘此老親尚健，子尚壯年，與其商柴計米而尋歡，不如一勞永逸。」余乃商諸交遊者，集資作本。芸亦自辦繡貨及嶺南所無之蘇酒醉蟹等物。稟知堂上，於小春十日，偕秀峰由東壩出蕪湖口。

註釋 ①熱鬧場：此指官場。②林爽文：祖籍福建漳州，於乾隆三十八年（一七七三年）隨父渡臺，住在彰化，以趕車、耕田爲業，次年加入「天地會」，不久成爲臺灣天地會的北路領袖。乾隆五十一年至五十三年，臺灣暴發歷史上範圍最廣、規模最大的農民起義。在這次起義中，林爽文爲領袖。③馮婦：古時男子名，以搏虎見長。《孟子・盡心下》：「晉人有馮婦者，善搏虎，卒爲善士。則之野，有衆逐虎。虎負嵎，莫之敢攖。望見馮婦，趨而迎之。馮婦攘臂下車。衆皆悦之，其爲士者笑之。」後來以「下車馮婦」比喻重操舊業。

譯文 我自從在績溪遊幕以來，見多了官場中卑鄙不堪的事情，因此，我決定改變儒生的身份，開始經商。我的姑丈叫袁萬九，他在盤溪的僊人塘做釀酒的生意。我和施心耕共同拿了一些錢投資和姑丈做生意。姑丈的生意主要是在海上販運，我們一起做了不到一年，就遇到臺灣林爽文發動叛亂，海路受到阻隔，我們的貨積壓了很多，本錢也損失很多。不得已，我祇好重操舊業，再去遊幕。

在江北做幕僚的四年中，沒有任何痛快的遊覽值得記錄。等到我借住在蕭爽樓，繞過上了賽過神僊的日子，我的表妹夫徐秀峰從廣東回到家鄉，他看到我處於無業遊民的狀態，感慨地說道：「您靠著接露水、寫幾個字賺錢生活，這總不是長久之計，何不和我一起到嶺南闖蕩一番呢？你肯定不會祇得到蠅頭小利的。」陳芸也勸我說：「趁著雙親現在身體還健康，你也正當壯年，與其總是向別人借柴借米來苦中作樂，不如現在到外面闖蕩，多賺些錢。」於是，我就找一起交遊的朋友借了錢，大家集資湊了本錢。芸也自己準備好一些刺繡的貨物，及嶺南沒有的蘇酒、醉蟹等物品。然後，我們告訴了父母，在十月十日那天，我和徐秀峰一起從東壩坐船，出蕪湖口而去。

原文　長江初歷，大暢襟懷。每晚舟泊後，必小酌船頭。見捕魚者罾冪不滿三尺，孔大約有四寸，鐵箍四角，似取易沉。余笑曰：「聖人之教雖曰『罟不用數』，而如此之大孔小罾，焉能有獲？」秀峰曰：「此專爲網鯿魚設也。」見其繫以長綆，忽起忽落，似探魚之有無。未幾，急挽出水，已有鯿魚枷罾孔而起矣。余始喟然曰：「可知一己之見，未可測其奧妙。」一日，見江心中一峰突起，四無依倚。秀峰曰：「此小孤山也。」霜林中，殿閣參差。乘風徑過，惜未一遊。至滕王閣①，猶吾蘇府學之尊經閣移於胥門之大馬頭，王子安②序中所云不足信也。

註釋　①滕王閣：唐高祖子李元嬰擔任洪州刺史時所建。後來李元嬰封滕王，因此得名。唐杜牧《懷鍾陵舊遊》詩：「滕閣仲春綺席開，柘枝蠻鼓殷晴雷。」唐羅隱《鍾陵見楊秀才》詩：「孺亭滕閣少踟躕，三度南遊一事無。」②王子安：王勃，字子安，唐代詩人。王勃與楊炯、盧照鄰、駱賓王因在詩文方面的成績，並稱爲「王楊盧駱」，也被稱爲「初唐四傑」。《滕王閣序》是其代表作。

譯文　我第一次遊長江，頓時感覺心胸開闊。每晚停船以後，我一定到船頭喝幾杯酒。我看到捕魚的人用竹子編成的漁網不足三尺，上面的孔大約有四寸，用鐵箍固定了四角，好像是爲了容易沉入水中。我笑著說：「聖人雖然教導『漁網不用細密的網孔』但是像這樣的孔大網小，怎麼能捕到魚呢？」秀峰說：「這是專門爲捕鯿魚設計的。」這時，我看見網上繫著長繩，在水中忽起忽落，好像是試探水中是否有魚。一會兒，捕魚的人忙把網從水中拉出來，我看見網中已經有被卡住的鯿魚了。我這纔感慨地說：「由此可見剛纔祇是我的個人看法，實際上我根本不知道其中的奧妙啊。」一天，我看見江心中有一座山峰突起，四面沒有任何依靠。秀峰說：「這是小孤山。」我遠遠地看到被霜染過的樹林中，殿堂樓閣參差不齊，可惜我這是路過，沒能仔細遊覽。到了滕王閣，我感覺就像是把我們蘇州學府的尊經閣移到了胥門外的大碼頭，王勃在《滕王閣序》中所說的並不值得相信。

原文

即於閣下換高尾昂首船，名「三板子」，由贛關至南安登陸。值余三十誕辰，秀峰備麵爲壽。越日過大庾嶺，出巔一亭，匾曰「舉頭日近」，言其高也。山頭分爲二，兩邊峭壁，中留一道如石巷。口列兩碑，一曰「急流勇退」，一曰「得意不可再往」。山頂有梅將軍祠，未考爲何朝人。所謂嶺上梅花，並無一樹，意者以梅將軍得名梅嶺耶？余所帶送禮盆梅，至此將交臘月，已花落而葉黃矣。過嶺出口，山川風物便覺頓殊。嶺西一山，石竅玲瓏，已忘其名，輿夫[1]曰：「中有僊人床榻。」匆匆竟過，以未得遊爲悵。至南雄，雇老龍船，過佛山鎮，見人家牆頂多列盆花，葉如冬青，花如牡丹，有大紅、粉白、粉紅三種，蓋山茶花也。

臘月望，始抵省城，寓靖海門內，賃王姓臨街樓屋三椽。秀峰貨物皆銷與當道，余亦隨其開單拜客，即有配禮者絡繹取貨，不旬日而余物已盡。除夕蚊聲如雷。歲朝賀節，有棉袍紗套者。不惟氣候迥別，即土著②人物，同一五官而神情迥異。

註釋 ①輿夫：轎夫或車夫。清惲敬《紀言》：「往歲，貝子輿夫與守備爭，毆之，傷額，鄉人杖輿人四十。」②土著：世代居住在本地的人。

譯文 我和妹夫在閣下換乘圓捕高、頭部昂起的，被稱爲「三板子」的船，坐上船後，我們從贛關一直到南安登岸。這天，正好是我三十歲的生日，秀峰爲我準備了長壽麵。第二天，我們過了大庾嶺，我看到山巔處有一個亭子，亭子上的匾額上寫著「舉頭日近」，意思是形容大庾嶺很高。山頭分爲兩個，兩邊都是峭壁，中間有一條像石巷一樣的小道。路口有兩塊石碑，一個上面寫著「急流勇退」，另一個上面寫著「得意不可再往」。山頂有一座梅將軍祠，不能知道是哪個朝代的將軍。人們所說的嶺上有梅花，實際上我並沒看到一棵樹，我想，梅花嶺的得名是不是因爲梅將軍呢？到達這裏的時候已經進入臘月，我所帶著的送禮用的梅花盆景，花已經落下，葉子也枯黄了。過了梅花嶺出了山口，我立刻就發現眼前的景色和之前的不一樣。嶺的西面有一座山，上面有玲瓏剔透的石洞，人們已經忘記它的名字，車夫說：「洞裏面有神僊住的床。」我沒有時間遊覽，匆匆路過，覺得很遺憾。到了南雄，我們雇了一條老龍船，然後我們過了佛山鎮，看見家家戶戶的牆頭上都放著很多盆花，葉子像冬青，花朵像牡丹，有大紅、粉白、粉紅三種，大概是山茶花。

臘月十五，我和妹夫抵達廣州。我們住在靖海門內，租了王姓人家臨街的三間樓屋。秀峰把我們帶來的貨物全部賣給當地的商人。我也跟著他開出貨單會見商客，很快就有要送禮的人紛紛到我們這裏取貨。不到十天，我們帶來的貨物就都買光了。除夕到了，可是蚊子的叫聲音像打雷一樣。新年的早晨，人們互相慶賀，有人在棉袍外面套著紗衣的。這裏不僅氣候和我的家鄉迥然不同，就算當地人的長相和家鄉的人長得一樣，神情卻非常不同。

原文 正月既望，有署中同鄉三友拉余遊河觀妓，名曰「打水圍」，妓名「老舉」。於是同出靖海門，下小艇（如剖分之半蛋而加篷焉），先至沙面。妓船名「花艇」，皆對頭分排，中留水巷以通小艇往來。每幫約一二十號，橫木綁定，以防海風。兩船之間釘以木樁，套以藤圈，以便隨潮漲落。鴇兒①呼爲「梳頭婆」，頭用銀絲爲架，高約四寸許，空其中而蟠髮於外，以長耳挖插一朵花於鬢，身披元青短襖，著元青長褲，管拖腳背，腰束汗巾，或紅或綠，赤足撒鞋，式如梨園旦腳②。

註釋 ①鴇兒：即鴇母。②旦腳：旦角。《儒林外史》第三十回：「撿一個極大的地方，把這一百幾十班做旦腳的都叫了來，一個人做一齣戲。」

譯文 正月十五，公署中有三個同鄉的朋友，他們拉著我遊河觀妓，這被稱爲「打水圍」，妓女被稱作「老舉」。於是，我們一同出了靖海門，從小艇上下來（小艇好像是剖開的半個雞蛋，並在上面加上了帆篷），我們到了沙面，看到妓女乘坐的「花艇」，這些船都是頭對頭分排在河道兩邊，在中間留出水巷以便小艇能夠通行。一幫花艇大約有一二十隻，其間用橫木綁好，以防海風。兩船之間，用木樁釘好，用藤圈把船套在木樁上，以便隨著漲潮而上下起伏。老鴇在這裏稱爲「梳頭婆」，她們的頭上戴著銀絲做成的架子，大約四寸高，其中是空的，梳頭髮的時候把頭髮盤在外面，然後用長的挖耳勺在鬢角上插一朵花，頭髮弄好後，她們在身上穿一件玄青色的短襖和銅色的長褲，褲管一直拖到腳背上。她們還在腰上繫一條汗巾，或紅或綠，光腳穿著拖鞋，看上去就像戲劇中的旦角。

原文 登其艇，即躬身笑迎，搴幃入艙。旁列椅杌①，中設大炕，一門通艄後。婦呼「有客」，即聞履聲雜遝而出，有挽髻者，有盤辮者，傅粉如粉牆，搽脂如榴火，或紅襖綠褲，或綠襖紅褲，有著短襪而撮繡花蝴蝶履者，有赤足而套銀腳鐲者，或蹲於炕，或倚於門，雙瞳閃閃，一言不發。余顧秀峰曰：「此何爲者也？」秀峰曰：「目成之後，招之始相就耳。」余試招之，果即歡容至前，袖出檳榔爲敬。入口大嚼，澀不可耐，急吐之，以紙擦唇，其吐如血。合艇皆大笑。

註釋 ①椅杌：凳子和椅子。

譯文 當客人上船的時候，老鴇就躬身笑臉相迎，然後撩起帷帳將客人送到船艙。船艙中在兩旁擺著椅子，中間是一個大炕，有一扇門通向船的船艄。老鴇大喊「有客」，馬上就能聽到嘈雜的腳步聲，妓女們都走出來，有的挽著髮髻，有的盤著辮子，她們臉上的粉抹得好像是粉牆，胭脂抹得紅如石榴，或穿紅襖綠褲，或穿綠襖紅褲，有的穿著短襪和繡著花蝴蝶的鞋，有的光腳衹套了銀腳鐲的，這些妓女或者蹲在炕上，或者倚在門邊，亮眼閃閃發光，一句話也不說。我回頭問秀峰：「這是爲甚麼？」秀峰說：「你看好誰了，就招呼她，她就會過來了。」我試著對一個妓女招呼，她果然滿臉笑容地過來了，還從袖子中拿出檳榔給我。我放進嘴裏大嚼，酸澀得不能忍受，我忙吐出來，用紙擦嘴，我看到唾沫的顏色就像血一樣。整條船上的人看到了，都大笑起來。

原文 又至軍工廠，妝束亦相等，惟長幼皆能琵琶而已。與之言，對曰「嗻」，「嗻」者，「何」也。余曰：「『少不入廣』者，以其銷魂耳，若此野妝蠻語，誰爲動心哉？」一友曰：「潮幫妝束如僊，可往一遊。」至其幫，排舟亦如沙面。有著名鴇兒素娘者，妝束如花鼓①婦。其粉頭②衣皆長領，頸套項鎖，前髮齊眉，後髮垂肩，中挽一鬏似丫髻；裹足者著裙，不裹足者短襪，亦著蝴蝶履，長拖褲管，語音可辨。而余終嫌爲異服，興趣索然。秀峰曰：「靖海門對渡有揚幫，皆吳妝，君往，必有合意者。」

註釋 ①花鼓：在湖北、湖南、江西、安徽等省比較流行的一種民間歌舞。通常由男女兩人對舞，其中一人敲小鑼，一人打小鼓，舞者邊敲打，邊歌舞。清李斗《揚州畫舫錄·小秦淮錄》：「揚州花鼓，扮昭君、漁婆之類，皆男子爲之。」②粉頭：妓女。元馬致遠《青衫淚》第一摺：「經板似粉頭排日喚，落葉似官身吊名差。」《警世通言・玉堂春落難逢夫》：「他家裏還有一個粉頭，排行三姐，號玉堂春，有十二分顏色。」

譯文 我和秀峰又來到軍工廠，那裏的妓女和沙面的妓女打扮的差不多，不同的是，這裏的妓女不論多大都會彈琵琶。我和她們說話，她們回答「⿰口迷」，「⿰口迷」就是「甚麼」的意思。我說：「都說『少不入廣』，是因爲這裏讓人感到銷魂，如果像這樣穿著野蠻的裝束，說野蠻的語言，誰還會動心呢？」一位朋友說：「潮汕幫的妓女打扮就像僊女一樣，值得一看。」我們到了潮汕幫，那裏的船和沙面排的一樣。其中有位很著名的老鴇叫素娘，她打扮得就像是唱花鼓的婦人。其他的妓女也都穿長領的衣服，脖子上帶著項圈和長命鎖，前面的頭髮和眉毛一齊，後面的頭髮垂到肩上，中間挽一個小鬏，好像小女孩的髮髻；裹腳的穿著裙子，不裹腳的穿著短襪，也穿繡著蝴蝶的鞋，她們都拖著長長的褲管，說話的聲音勉強可以分辨。但是我仍然嫌她們穿著奇異的服裝，所以沒有興趣。秀峰說：「在靖海門的渡口有揚州幫，那裏的妓女都是吳地的裝扮，你去了一定有合心意的。」

原文 一友曰：「所謂揚幫者，僅一鴇兒，呼曰邵寡婦，攜一媳曰大姑，系來自揚州，餘皆湖廣江西人也。」因至揚幫。對面兩排僅十餘艇，其中人物皆雲鬟霧鬢，脂粉薄施，闊袖長裙，語音了了；所謂邵寡婦者慇懃相接。遂有一友另喚酒船，大者曰「恒艛」，小者曰「沙姑艇」，作東道相邀，請余擇妓。余擇一雛年者，身材狀貌有類余婦芸娘，而足極尖細，名喜兒。秀峰喚一妓名翠姑。餘皆各有舊交。放艇中流，開懷暢飲。至更許，余恐不能自持，堅欲回寓，而城已下鑰久矣。蓋海疆之城，日落即閉，余不知也。

譯文 一位朋友說過：「所謂的揚州幫，衹有一個老鴇，叫邵寡婦，帶著一個叫大姑的兒媳，她們來自揚州，其他的都是湖廣江西人。」聽了秀峰的話，我們來到揚州幫。揚州幫對面有兩排船，共有十多條花艇，船上的妓女都是雲鬟霧鬢，脂粉薄施，闊袖長裙，說話的聲音聽得清清楚楚；人們所說的邵寡婦，很慇懃地接待了我們。這時有一位朋友另外叫來酒船，大船叫「恒艛」，小船叫「沙姑艇」，然後他以東道主的身份，邀請我和秀峰，他還讓我挑了一個妓女。我挑了一個未成年的小女孩，身材和樣貌和我的妻子芸娘有些相像，但是她的腳很尖細，這個女孩的名字是喜兒。秀峰叫來另外一位妓女，名字叫翠姑。其他的人也都有舊相識。我們把船開到河中央，開懷暢飲。大概到一更的時候，我擔心自己把持不住，因此堅持返回寓所。但是，這時城門早已經鎖上了。原來海疆的城池，衹要太陽一下山就會關城，衹是我不知道。

原文 及終席，有臥喫鴉片煙者，有擁妓而調笑者，伻頭①各送衾枕至，行將連床開鋪。余暗詢喜兒：「汝本艇可臥否？」對曰：「有寮可居，未知有客否也。」（寮者，船頂之樓。）余曰：「姑往探之。」招小艇渡至邵船，但見合幫燈火相對如長廊，寮適無客。鴇兒笑迎曰：「我知今日貴客來，故留寮以相待也。」余笑曰：「姥真荷葉下僊人哉！」遂有伻頭移燭相引，由艙後梯而登。宛如斗室，旁一長榻，几案俱備。揭簾再進，即在頭艙之頂，床亦旁設，中間方窗嵌以玻璃，不火而光滿一室，蓋對船之燈光也。衾帳鏡奩，頗極華美。

註釋 ①伻頭：僕人。

譯文 等到酒席結束，有的人躺著抽鴉片煙，有的人抱著妓女調笑，僕人爲每個人送來被子和枕頭，準備連著床開通鋪。我偷偷問喜兒：「你們的船上能睡覺嗎？」喜兒回答說：「有寮可以休息，不知道現在有沒有客人住。」（寮就是船頂上的閣樓。）我說：「我們姑且過去看看吧。」我招來小艇來到邵寡婦的船上，就看到全幫的燈火點亮長廊，這時候閣樓正好沒有客人。老鴇笑著迎接我們，說：「我就知道今天會有貴客到來，所以我把閣樓騰出來準備接客。」我笑著說：「您真是荷葉下的僊人呀！」隨後，僕人端著蠟燭爲我們引路，我們從船艙後面的梯子上了閣樓。閣樓是個很小的地方，在旁邊放著一張床，茶几桌子一應俱全。我們掀了簾子向裏走就到了船艙頂，床就放在旁邊，中間的方窗上嵌著玻璃，不用點火屋子裏就很亮，是因爲對面船上的燈火照了進來。被褥、帷帳、梳妝鏡奩，都非常華美。

原文 喜兒曰：「從臺可以望月。」即在梯門之上疊開一窗，蛇行而出，即後梢之頂也。三面皆設短欄，一輪明月，水闊天空。縱橫如亂葉浮水者，酒船也；閃爍如繁星列天者，酒船之燈也；更有小艇梳織往來，笙歌弦索之聲雜以長潮之沸，令人情爲之移。余曰：「『少不入廣』，當在斯矣！」惜余婦芸娘不能偕遊至此，回顧喜兒，月下依稀相似，因挽之下臺，息燭而臥。天將曉，秀峰等已鬨然至，余披衣起迎，皆責以昨晚之逃。余曰：「無他，恐公等掀衾揭帳耳！」遂同歸寓。

【譯文】喜兒說：「從臺上可以看月亮。」於是，我們在梯門的上面疊開一扇窗戶，然後爬了出去，到了後船艄的頂上。這裏三面都有短欄杆，抬頭望去，一輪明月掛在天空，給人一種水闊天空的感覺。遠遠望去，縱橫雜亂好像亂葉浮在水面上的，是一些酒船；閃爍如繁星佈滿天空的，是酒船上的燈；還有無數的小艇來回穿梭，笙歌弦索的聲音伴著漲潮的聲音，不禁令人意亂情迷。我說：「『少不入廣』，這個說法適合現在的時刻！」可惜我的妻子芸娘不能和我一同到處遊覽，我回頭看了看喜兒，在月光的映照下，她和芸娘很相似，於是，我挽著她走下臺，吹了蠟燭歇息了。天快亮的時候，秀峰等人就鬨笑著來找我，我披上衣服出去迎接，他們都責怪我昨晚的離開。我回答說：「沒別的原因，我祇是怕你們早上起來掀我的被子！」說完，我們一起回到了寓所。

【原文】越數日，偕秀峰遊海珠寺。寺在水中，圍牆若城。四周離水五尺許有洞，設大炮以防海寇，潮長潮落，隨水浮沉，不覺炮門之或高或下，亦物理①之不可測者。十三洋行在幽蘭門之西，結構與洋畫同。對渡名花地，花木甚繁，廣州賣花處也。余自以爲無花不識，至此僅識十之六七，詢其名有《群芳譜》②所未載者，或土音之不同歟？海幢寺規模極大，山門內植榕樹，大可十餘抱，陰濃如蓋，秋冬不凋。

註釋 ①物理：事物的規律、道理。《周書·明帝紀》：「天地有窮已，五常有推移，人安得常在，是以生而有死者，物理之必然。」清何琇《樵香小記·馬牛其風》：「或曰牛走順風，馬走逆風，核諸物理，無此事。」②《群芳譜》：中國明代介紹培育植物的著作。

譯文 過了幾天，我和秀峰一起到海珠寺遊玩。海珠寺建在水中，圍牆修得像城牆一樣。四周的牆上離水面五尺高的地方有洞，放置大炮以防禦海寇，隨著潮水的漲落，洞口隨著水位上下沉浮，卻不覺得炮門有高低起伏的變化，這種現象按照常理是很難解釋

的。十三洋行在幽蘭門的西側，結構和西洋畫上畫的一樣。對面的渡口名叫花地，那裏的花木非常茂盛，是廣州賣花的地方。我自以爲在這個世上，沒有甚麼花是我不認識的，但是到這裏，我衹認識十分之六七的花，這裏花的名字有許多是《群芳譜》中沒有記載的，或許是因爲當地的發音有所不同造成的吧？

海幢寺的規模非常大，在寺院中種植著榕樹，大的需要十多個人纔能抱過來，樹的濃蔭像一把大傘，即使到了秋冬季節，樹葉也不凋落。

原文 柱檻窗欄皆以鐵梨木爲之。有菩提樹，其葉似柿，浸水去皮，肉筋細如蟬翼①紗，可裱小冊寫經。歸途訪喜兒

之。」余即喚僕速雇兩轎，先脫兩妓，再圖出城之策。聞懋老說之不退，亦不上樓。兩轎已備，余僕手足頗捷，令其向前開路，秀挽翠姑繼之，余挽喜兒於後，一鬨而下。秀峰、翠姑得僕力已出門去，喜兒爲橫手所拿，余急起腿，中其臂，手一鬆而喜兒脫去，余亦乘勢脫身出。

【譯文】酒剛端起來，忽然我們聽見樓下有嘈雜的人聲，好像正在上樓，原來是房東的侄子。這個人平常就是無賴，知道我們找妓女，故意要帶人來訛詐我們的銀子。秀峰抱怨說：「這都是因爲三白一時興起，我眞不該聽他的。」我說道：「事情已經這樣了，應該快點想怎麼把他們打發走，現在不是鬥嘴的時候啊。」懋老說：「我先下去看看。」我馬上叫來僕人去雇兩頂轎子，先讓翠姑和喜兒離開，然後我和秀峰再想辦法出城。我聽到懋老在樓下勸說，那些人也不走，但是也沒上樓。兩頂轎子已經準備好了，我的僕人手腳很麻利，我讓他在前面帶路，秀峰拉著翠姑跟在後面，我則拉著喜兒走在最後面，大家一起衝下樓。因爲僕人衝在最前面，秀峰和翠姑借力衝出門去，喜兒卻被抓住，我急忙踢了那人一腳，正踢到那人的手臂上，那個人手一鬆，喜兒趁勢跑走了，我也趁機脫身離開。

【原文】余僕猶守於門，以防追搶。急問之曰：「見喜兒否？」僕曰：「翠姑已乘轎去，喜娘但見其出，未見其乘轎也。」余急燃炬，見空轎猶在路旁。急追至靖海門，見秀峰侍翠轎而立，又問之，對曰：「或應投東，而反奔西矣。」急反身，過寓十餘家，聞暗處有喚余者，燭之，喜兒也，遂納之轎，肩而行。秀峰亦奔至，曰：「幽蘭門有水竇可出，已託人賄之啟鑰，翠姑去矣，喜兒速往！」余曰：「君速回寓退兵，翠、喜交我！」至水竇邊，果已啟鑰，翠先在。余遂左掖喜，右挽翠摺腰①鶴步，踉蹌出竇。

註釋 ①摺腰：彎著腰。

譯文 我的僕人還守在門外，防止別人追過來搶人。我急忙問僕人：「看見喜兒了嗎？」僕人回答：「翠姑已經坐上轎子離開了，喜娘衹看見她出來，沒看到她坐上轎子。」我急忙點上火把，看到空轎子就停在路旁。我忙追到靖海門，看見秀峰扶著翠姑的驕子站在路邊，我又問秀峰是否看見喜兒，他回答說：「應該向東走，

她可能向西跑了。」我忙往回跑，經過十多家寓所，忽然我聽到暗處有人叫我，我用火把照了一下，原來是喜兒，於是我讓喜兒上轎，抬著她離開了。這時，秀峰也趕了過來通知說：「幽蘭門那裏有水洞可以出城，我已經託人賄賂看門的人了，翠姑已經去了，喜兒也趕快過去！」我說：「你趕緊回寓所設法把那些人打發走，翠姑和喜兒交給我吧！」我們來到水洞邊，門果然已經開了，翠姑早等在那裏。於是，我左手拉著喜兒，右手拉著翠姑，彎腰小步，踉蹌出了洞口。

原文 天適微雨，路滑如油，至河幹①沙面，笙歌正盛。小艇有識翠姑者，招呼登舟。始見喜兒首如飛蓬，釵環俱無有。余曰：「被搶去耶？」喜兒笑曰：「聞此皆赤金，阿母物

也，妾於下樓時已除去，藏於囊中。若被搶去，累君賠償耶。」余聞言，心甚德之，令其重整釵環，勿告阿母，託言寓所人雜，故仍歸舟耳。翠姑如言告母，並曰：「酒菜已飽，備粥可也。」時寮上酒客已去，邵鴇兒命翠亦陪余登寮。見兩對繡鞋泥汙已透。

註釋 ①河幹：河岸。

譯文 這時，天下起小雨，路面很滑，等我們到了沙面的河岸，花艇上鬧得正歡。小艇上有認識翠姑的人，招呼她上船。這時我纔看見喜兒的頭髮已經亂蓬蓬了，上面的髮簪、首飾早不見了。我問她：「你的首飾被搶了嗎？」喜兒笑著說：「首飾都是老鴇的，我聽說都是真金的，我在下樓的時候就摘下去藏在口袋裏了。如

果被搶去，我怕會連累你賠償。」我聽到喜兒這麼說，心裏非常感激她，然後，我讓她把首飾重新戴好，回去不要告訴老鴇這件事，就說寓所人多嘴雜，還是回到船上。翠姑按照我說的跟老鴇講了一下，並說：「酒菜就不用準備了，上一些粥就可以了。」等到寮上的酒客都離開以後，邵寡婦讓翠姑也陪著我到寮上。我看見兩對繡鞋都已經被泥汙弄髒了。

原文 三人共粥，聊以充飢。剪燭絮談，始悉翠籍湖南，喜亦豫產，本姓歐陽，父亡母醮，爲惡叔所賣。翠姑告以迎新送舊之苦，心不歡必強笑，酒不勝必強飲，身不快必強陪，喉不爽必強歌。更有乖張其性者，稍不合意，即擲酒翻案，大聲辱罵，假母①不察，反言接待不周，又有惡客徹夜蹂

躪，不堪其擾。喜兒年輕初到，母猶惜之。不覺淚隨言落。喜兒亦嘿然涕泣。余乃挽喜入懷，撫慰之。矚翠姑臥於外榻，蓋因秀峰交也。

註釋 ①假母：鴇母。清侯方域《李姬傳》：「妾少從假母識陽羨君，其人有高義。」

譯文 我們三個人一起喫著粥，填飽肚子。喜兒把蠟燭撥亮，我們三個人在燭光下痛快聊天。在聊天中，我知道翠姑原籍湖南，喜兒是河南人，本姓歐陽，父親去世以後，母親改嫁，結果她被惡棍叔叔賣到了妓院。翠姑向我講述了她迎新送舊的辛苦，不高興還要假裝歡笑，不勝酒力也要強飲，身體不舒服要勉強陪客人，喉嚨不舒服也得爲客人唱歌。遇到性情乖張的客人，稍微有不合心意的地方，客人就摔酒杯，掀翻桌子，還大聲罵人，老鴇不瞭解情況，反而說姑娘接待不周，更可惡的一類客人，整夜蹂躪，實在無法忍受。喜兒年輕剛剛來，老鴇還比較疼惜她。翠姑說著，不知不覺眼淚就落了下來。喜兒也黯然神傷，低頭啜泣。我將喜兒輕輕攬進懷裏，溫柔地安撫她。因爲翠姑是秀峰的好朋友，我囑咐翠姑在外面的床榻上休息。

原文 自此或十日或五日，必遣人來招，喜或自放小艇，親至河幹迎接。余每去必邀秀峰，不邀他客，不另放艇。一夕之歡，番銀四圓而已。秀峰今翠明紅，俗謂之跳槽，甚至一招兩妓；余則惟喜兒一人，偶獨往，或小酌於平臺，或清談於寮內，不令唱歌，不強多飲，溫存體恤，一艇怡然，鄰妓皆羨之。有空閒無客者，知余在寮，必來相訪。合幫之妓無一不識，每上其艇，呼余聲不絕，余亦左顧右盼，應接不暇，此雖揮霍萬金所不能致者。

【譯文】從此，或者十天，或者五天，喜兒一定會派人來找我。有時，喜兒駕著小艇，親自到河岸迎接我。每次去，我一定叫上秀峰，不再約其他人，也不去別的花艇。一夜歡娛，衹需要四塊銀元而已。秀峰今天招翠，明天選紅，俗稱跳槽，有時候他還一次招兩個；而我衹喜歡喜兒一個，偶爾我獨自去，和喜兒或是在平臺喝酒，或是在寮中聊天，我不讓她唱歌，也不強迫她喝酒，溫存體恤，整個庭上的氣氛很輕鬆，鄰艇的妓女都很羨慕喜兒。有些沒有接客的妓女得知我在寮上，一定來拜訪我。整個揚州幫的妓女沒有一個不知道我的，每次我走到花艇上，她們招呼我的聲音此起彼伏，我也左顧右盼，應接不暇，這種情分，即使揮霍萬金也不會得到。

【原文】余四月在彼處，共費百餘金，得嚐荔枝鮮果，亦生平快事。後鴇兒欲索五百金強余納喜，余患其擾，遂圖歸計。秀峰迷戀於此，因勸其購一妾，仍由原路返吳。明年，秀峰再往，吾父不準偕遊，遂就青浦楊明府之聘。及秀峰歸，述及喜兒因余不往，幾尋短見。噫！「半年一覺揚幫夢，贏得花船薄倖名」矣！

【譯文】我在喜兒那裏四個月一共花了一百多兩銀子，但是也品嚐了荔枝等新鮮的水果，這也是我生平很快樂的事。後來，老鴇想向我要五百兩銀子，讓我納喜兒爲妾，我受不了老鴇的騷擾，於是準備回家。秀峰還迷戀這個地方，我勸他買回一個小妾，之後，我們就順著原路回到吳地。第二年，秀峰又邀我一同去廣州，我父親不允許我和他一起去，於是，我就接受了青浦縣楊知縣的招聘。等秀峰回來的時候，他告訴我，喜兒因爲我沒有去，差點尋短見。哎！這眞是「半年一覺揚幫夢，贏得花船薄倖名」了！

原文 余自粵東歸來，館青浦兩載，無快遊可述。未幾，芸、憨相遇，物議沸騰，芸以激憤致病。余與程墨安設一書畫鋪於家門之側，聊佐①湯藥之需。中秋後二日，有吳雲客偕毛憶香、王星瀾邀余遊西山小靜室，余適腕底無閒②，囑其先往。吳曰：「子能出城，明午當在山前水踏橋之來鶴庵相候。」余諾之。

註釋 ①佐：助，補充。②腕底無閒：書畫寫字很忙。

譯文 我從廣東回來以後，在青浦做幕僚的兩年中，基本沒有暢快的遊歷值得記錄。過了不久，陳芸和憨園相遇，引起一番沸沸揚揚的爭論，結果陳芸因爲太過激動而病倒了。我和程墨安在家門旁邊擺了一個書畫攤子，用來賺些錢給芸娘買湯藥。中秋節過後的第二天，吳雲客和毛憶香、王星瀾約我到西山小靜室遊玩，我正好因爲畫畫很忙，沒空去，於是就讓他們先去。吳雲客說道：「你要是有空去玩的話，明天中午，我們一定在山前水踏橋旁邊的來鶴庵等你。」我一口答應了。

原文 越日，留程守鋪，余獨步出閶門①，至山前過水踏橋，循田塍②而西。見一庵南向，門帶清流，剝啄③問之，應曰：「客何來？」余告之。笑曰：「此『得雲』也，客不見匾額乎？『來鶴』已過矣！」余曰：「自橋至此，未見有庵。」其人回指曰：「客不見土牆中森森多竹者，即是也。」余乃返至牆下。小門深閉，門隙窺之，短籬曲徑，綠竹猗猗，寂不聞人語聲，叩之亦無應者。一人過，曰：「牆穴有石，敲門具也。」余試連擊，果有小沙彌出應。

註釋 ①閶門：城門名。在江蘇省蘇州市城西。②田塍：也作「田畻」，田埂。唐劉禹錫《插田歌》：「田塍望如線，白水光參差。」《水滸傳》第五七回：「呼延灼喫了一驚，便叫酒保引路，就田塍上趕了二三里。」③剝啄：也作「剝琢」。敲打，叩擊。唐高適《重陽》詩：「豈有白衣來剝啄，亦從烏帽自欹斜。」

譯文 第二天，我讓程墨安看著書畫攤，我獨自出了閶門，到了山前，過了水踏橋，我順著田間的小路向西走去。我看到一個庵向南開門，門前有條清澈的小河，上前敲門詢問，裏面的人回答說：「客人來這有甚麼事嗎？」我告訴他我是到來鶴庵赴約的。那個人笑著說：「這是得雲庵，你沒看見匾額嗎？你已經走過來鶴庵了！」我說：「我從上橋一直到這裏，沒看見有其他的庵呀。」那個人往回指著說：「你看見土牆那長著的茂盛的竹子了嗎，那就是來鶴庵。」於是，我返回到牆下，那裏的小門關著，我從門縫往裏看，院子裏有低矮的籬笆和曲折的小路，綠色的竹子生機勃勃，院子裏很寂靜，聽不到人說話的聲音。我敲了一下門，也沒有人來開門。一個路過的人對我說：「牆上的洞裏有塊石頭，是用來敲門的。」我試著用石頭連續敲了幾下，果然有小和尚過來開門。

原文 余即循徑入，過小石橋，向西一折，始見山門，懸黑漆額，粉書「來鶴」二字，後有長跋①，不暇細觀。入門經韋陀②殿，上下光潔，纖塵不染，知爲小靜室。忽見左廊又一小沙彌奉壺出，余大聲呼問，即聞室內星爛笑曰：「何如？我謂三白決不失信也！」旋見雲客出迎，曰：「候君早膳，何來之遲？」一僧繼其後，向余稽首，問知爲竹逸和尚。入其室，僅小屋三椽，額曰「桂軒」，庭中雙桂盛開。

註釋 ①跋：寫在文章或書籍正文後面的短文，用來說明寫作的經過、資料來源等以及成書有關的情況。②韋陀：也作「吠陀」。梵語音譯。意爲「知識」。

譯文 我馬上沿著路進入，過了小石橋，向西一轉，纔看見寺門，上面還懸掛著一個黑漆的匾額，寫著「來鶴」兩個字，後面有題跋，我沒時間細看。進入寺門，經過經韋陀殿，衹見一個屋子打掃得非常乾淨，一點灰塵都沒有，我就知道這是小靜室了。忽然，我看見左廊有個小和尚捧著水壺走出來，我大聲問他，就聽見屋裏星爛笑著說：「怎麼樣，我說三白絕對不會不守信用的！」隨即，我就看見雲客出來迎接，還說道：「我們等著你來喫早飯，怎麼這麼晚纔來呀？」一個和尚從他身後出來，向我行禮，我一問纔知道是竹逸和尚。我們進入室內，衹有三間小屋，匾額上寫著「桂軒」，庭院裏的兩棵桂樹上的花開得正盛。

原文 星爛、憶香群起嚷曰：「來遲罰三杯！」席上葷素精潔，酒則黃白俱備。余問曰：「公等遊幾處矣？」雲客曰：「昨來已晚，今晨僅到得雲、河亭耳。」歡飲良久。飯畢，仍自得雲、河亭共遊八九處，至華山而止。各有佳處，不能盡述。華山之頂有蓮花峰，以時欲暮，期以後遊。桂花之盛至此爲最，就花下飲清茗一甌，即乘山輿，徑回來鶴。桂軒之東另有臨潔小閣，已杯盤羅列。竹逸寡言靜坐而好客善飲。

譯文 星爛、憶香一起嚷道：「遲到的人要罰三杯酒！」這時我看到飯桌上的菜葷素精緻，黃酒和白酒也都準備齊全了。我問道：「你們已經遊了幾處了？」雲客說：「昨天我們到的時候已經晚了，今天早晨我們衹遊覽了得雲、河亭。」我們坐下來，喫飯飲酒。喫完飯，我們仍從得雲、河亭開始，共遊覽了八九處，一直走到華山，我們纔停下來。每處的景色各有特點，無法完全描述出來。在華山的山頂上有蓮花峰，當時天快黑了，衹能希望以後有機會再來遊覽。桂花的盛開應該屬這裏最繁盛，我們在桂花樹下喝了一壺清茶，然後就坐著山民抬的轎子回到了來鶴庵。在桂軒的東面，還有臨潔小閣，那裏早已經擺下了杯盤。竹逸和尚不愛說話，但是很好客，也喜歡喝酒。

原文 始則折桂催花，繼則每人一令，二鼓始罷。余曰：「今夜月色甚佳，即此酣臥，未免有負清光，何處得高曠地，一玩月色，庶不虛此良夜也？」竹逸曰：「放鶴亭可登也。」雲客曰：「星爛抱得琴來，未聞絕調，到彼一彈何如？」乃偕往，但見木樨香里，一路霜林，月下長空，萬籟俱寂。星爛彈《梅花三弄》，飄飄欲僊。憶香亦興發，袖出鐵笛，嗚嗚而吹之。雲客曰：「今夜石湖看月者，誰能如吾輩之樂哉？」蓋吾蘇八月十八日石湖行春橋下有看串月勝會，遊船排擠，徹夜笙歌，名雖看月，實則挾妓鬨飲而已。未幾，月落霜寒，興闌歸臥。

譯文 我們剛坐下，開始的時候是折桂催花，然後每人出一個酒令，一直玩到二更天的時候纔停止。我說道：「今晚的月色非常迷人，我就在這裏休息吧，不要浪費了這樣的美景，哪裏還能找到這樣高曠開闊的地方來觀賞月色呢？我一定不能辜負這樣的美景。」竹逸說道：「放鶴亭是個不錯的地方。」雲客說：「星爛拿著琴來的，我還沒聽到他的琴聲，到那裏爲大家彈奏一曲，怎麼樣？」於是大家一起前往放鶴亭，一路走來，我們聞著木樨花的香味，路上霜染層林，月下長空，萬籟俱寂。星爛爲大家彈奏了《梅花三弄》，我們聽著都有飄飄欲僊的感覺。憶香忽然來了興致，從袖子中拿出鐵笛，嗚嗚地吹了起來。雲客說道：「今天晚上在石湖賞月的人，有誰能像我們這樣快樂呢？」原來在八月十八日，蘇州的人都會在石湖春橋下舉行看串月盛會，很多遊船擠在一起，整晚笙歌不停，名義上雖然是賞月，實際上衹是狎妓狂飲而已。不一會兒，月亮落下，寒霜降下，我們都盡興返回，一夜安睡。

原文 明晨，雲客謂衆曰：「此地有無隱庵，極幽僻，君等有到過者否？」咸對曰：「無論未到，並未嘗聞也。」竹逸曰：「無隱四面皆山，其地甚僻，僧不能久居。向年曾一至，已坍廢。自尺木彭居士重修後，未嘗往焉，今猶依稀識之。如欲往遊，請爲前導。」憶香曰：「枵腹去耶？」竹逸笑曰：「已備素麵矣，再令道人攜酒盒相從也。」麵畢，步行而往。過高義園，雲客欲往白雲精舍，入門就坐。一僧徐步出，向雲客拱手曰：「違教①兩月，城中有何新聞？撫軍②在轅否？」憶香忽起曰：「禿！」拂袖徑出。余與星爛忍笑隨之，雲客、竹逸酬答數語，亦辭出。

註釋　①違教：不能得到指教。這裏指久別重逢的客氣用語。

②撫軍：官名。明清時巡撫的別稱。

譯文　第二天早晨，雲客對大家說：「這個地方有一座無隱庵，非常幽僻，諸位有誰去遊覽過嗎？」我們都回答說：「別說去了，我們連聽都沒聽過。」竹逸說：「無隱庵四面都是山，位置非常偏僻，僧人不能在那裏長久居住。前些年，我曾經去過一次，不過都已經坍塌了。自從尺木居士彭紹昇重新整修那裏以後，我沒再去過，我現在依稀還記得那裏。如果大家要去遊覽，我可以帶路。」憶香說：「叫我們空著肚子去嗎？」竹逸笑著說：「我早就爲大家準備好素麵了，讓道人帶上酒盒跟我們一起去吧。」喫過麵，我們一起步行去無隱庵。路過高義園的時候，雲客想到白雲精舍去，剛進門他就坐下，一個和尚慢慢地走過來，向雲客拱手說道：「兩個月沒能聽到您的指教了，城中有甚麼新聞嗎？巡撫還在衙門嗎？」憶香忽然站起來說道：「禿驢！」說完就拂袖離開。我和星爛忍著笑也離開了，雲客、竹逸應酬了幾句，也匆忙告辭出來。

【原文】高義園即范文正公①墓，白雲精舍在其旁。一軒面壁，上懸藤蘿，下鑿一潭，廣丈許，一泓清碧，有金鱗游泳其中，名曰「鉢盂泉」。竹爐茶竈，位置極幽。軒後於萬綠叢中，可瞰范園之概。惜衲子俗，不堪久坐耳。是時由上沙村過雞籠山，即余與鴻幹登高處也。風物依然，鴻幹已死，不勝今昔之感。

正惆悵間，忽流泉阻路不得進，有三五村童掘菌子於亂草中，探頭而笑，似訝多人之至此者。詢以無隱路，對曰：「前途水大不可行，請返數武，南有小徑，度嶺可達。」

【註釋】①范文正公：范仲淹，字希文，北宋名臣，著名政治家、文學家，有《范文正公文集》傳世。

【譯文】高義園就是范文正公的墓園，白雲精舍就在旁邊。一座閣樓面向石壁建造，上面懸著藤蘿，下面有一個水潭，有一丈多寬，水潭中的水清澈碧綠，有金魚在裏面游來游去，水潭名爲「鉢盂泉」。閣樓裏還有竹子做成的茶具爐竈，整個閣樓位置非常幽靜。在閣樓後面的草叢中，可以俯瞰范園的全貌。可惜這裏的和尚太俗氣了，讓人無法忍受，沒坐多長時間，我們就離開了。這時，由上沙村經過雞籠山，就是我和鴻幹登高的地方。風景還是那樣，可惜鴻幹已經去世了，不禁感慨萬千。

正當我惆悵的時候，忽然看到湍急的水流擋住了去路，無法再向前走了，有三五個村童在亂草中挖蘑菇，看到我們，他們探頭笑了起來，好像很驚訝忽然有這麼多人來到這裏。我們向他們詢問去無隱庵的路，村童告訴我們說：「前面的水更大了，不能走，你們往回走幾步，南邊有一條小路，翻過山你們就可以到那裏了。」

原文 從其言。度嶺南行里許，漸覺竹樹叢雜，四山環繞，徑滿綠茵，已無人跡。竹逸徘徊四顧曰：「似在斯，而徑不可辨，奈何？」余乃蹲身細矚，於千竿竹中隱隱見亂石牆舍，徑撥叢竹間，橫穿入覓之，始得一門，曰「無隱禪院，某年月日南園老人彭某重修」。眾喜曰：「非君則武陵源矣！」山門緊閉，敲良久，無應者。忽旁開一門，呀然有聲，一鶉衣①少年出，面有菜色，足無完履，問曰：「客何為者？」竹逸稽首曰：「慕此幽靜，特來瞻仰。」少年曰：「如此窮山，僧散無人接待，請覓他遊。」言已，閉門欲進。雲客急止之，許以啟門放遊，必當酬謝。少年笑曰：「茶葉俱無，恐慢客耳，豈望酬耶？」

註釋 ①鶉衣：破爛的衣服。語本《荀子·大略》：「子夏貧，衣若縣鶉。」唐杜甫《風疾舟中伏枕書懷》詩：「烏几重重縛，鶉衣寸寸針。」清周亮工《王玉屋傳》：「其逮也，士民數千人攀轅痛哭，白日慘黯，遮愬緹騎，自卯至申，不得前，甚有蒙瞍、孤貧、鳩杖、鶉衣，亦視力投金錢檻車轤之。」

譯文 我們按照村童說的，翻過山往南走了一里多，漸漸感覺竹樹雜亂，四面有山環繞，路上長滿綠草，已經看不到人的痕跡。竹逸徘徊四處觀察著說道：「好像就在這裏，但是已經找不到路了，怎麼辦啊？」我蹲下身，仔細查看，在千竿竹林中隱隱看到有亂石牆舍，撥開竹叢，橫穿過去尋找，纔看到一扇門，上面寫著「無隱禪院，某年月日南園老人彭某重修」。大家高興地說：「要不是你，我們都好像進到武陵源了！」

山門緊關著，我們敲了很久，也沒人來開門。忽然，旁邊有一扇門開了，隨著吱呀的開門聲，一個穿著破舊衣服的少年走了出來，少年看上去面黃肌瘦，穿的鞋子也是破破爛爛，看到我們，少年問道：「客人是爲甚麼來到這裏呀？」竹逸稽首說道：「我們仰慕這裏的幽靜，特意到這裏遊覽。」少年說：「這樣的窮地方，和尚都走了，沒人能接待你們，請到別的地方遊覽吧。」說完，就要關上門。雲客急忙阻止他，並答應他，如果他讓我們進去遊覽，一定會給酬謝。少年笑著說：「我們這沒有茶葉，恐怕怠慢了客人，怎能還期望酬謝呢？」

原文 山門一啟，即見佛面，金光與綠陰相映，庭階石礎，苔積如繡，殿後臺級如牆，石欄繞之。循臺而西，有石形如饅頭，高二丈許，細竹環其趾。再西摺北，由斜廊躡級而登，客堂三卷楹緊對大石。石下鑿一小月池，清泉一派，荇藻交橫。堂東即正殿，殿左西向爲僧房廚竈，殿後臨峭壁，樹雜陰濃，仰不見天。星爛力疲，就池邊小憩，余從之。將啟盒小酌，忽聞憶香音在樹杪，呼曰：「三白速來，此間有妙境！」仰而視之，不見其人，因與星爛循聲覓之。由東廂出一小門，摺北，有石蹬如梯，約數十級，於竹塢中瞥見一樓。

譯文 山門一開，馬上就看見了佛像，金光和綠蔭相互輝映，庭院的臺階，礎石上面的苔蘚堆得像繡毯，大殿後面的臺階就像牆一樣陡，周圍有石欄圍繞。沿著臺階向西走，有像饅頭一樣的石頭，兩丈多高，細密的竹子環繞在石頭底部。再向西走，然後轉到北面，經過斜廊拾級而上，有三間客堂正對著大石頭。石頭下面被鑿開一個小月池，一股清泉注入其中，池中的水草縱橫交錯。大堂的東邊就是正殿，在正殿左邊向西的方向是僧人的住房和竈房。殿的後面和峭壁相鄰，樹木雜亂，樹蔭濃密，仰頭看不到天。星爛走累了，就坐在池邊休息，我也跟著坐下來。我們正準備打開酒盒喝酒，忽然聽到憶香的聲音從樹梢上傳來，憶香大喊：「三白快來，這裏有絕妙的佳境！」我抬頭看，沒看到憶香的身影，於是，我就和星爛順著聲音找他。我們從東廂房出了一個小門，向北，看到像梯子一樣的石臺階，大概有數十級，然後，我們在竹林深處看到了一棟小樓。

原文

又梯而上，八窗洞然，額曰「飛雲閣」。四山抱列如城，缺西南一角，遙見一水浸天，風帆隱隱，即太湖也。倚窗俯視，風動竹梢，如翻麥浪。憶香曰：「何如？」余曰：「此妙境也。」忽又聞雲客於樓西呼曰：「憶香速來，此地更有妙境！」因又下樓，摺而西，十餘級，忽豁然開朗，平坦如臺。度其地，已在殿後峭壁之上，殘磚缺礎尚存，蓋亦昔日之殿基也。周望環山，較閣更暢。憶香對太湖長嘯一聲，則群山齊應。乃席地開樽，忽愁枵腹，少年欲烹焦飯代茶，隨令改茶爲粥，邀與同啖。

譯文 我們沿著臺階往上走，祇見八扇窗戶都開著，匾額上寫著「飛雲閣」。四周的山環抱在一起，好像是城牆，祇有西南角沒有山，遠遠地可以看見一片汪洋，水天相接，風帆隱隱約約，那裏就是太湖了。我站在窗前向下看去，風吹動竹梢，好像是一片麥浪。憶香說道：「怎麼樣？」我說：「這真是絕妙的景色呀。」忽然，我又聽到雲客在樓的西面大聲喊道：「憶香快來，這裏有更美的景色！」於是，我們又下樓，向西走，登上十餘級的臺階，忽然覺得眼前豁然開朗，地勢平坦如臺。我心想，這個位置大概已經在正殿後峭壁上了，殘缺的磚石、房基還保留著，大概也是以前大殿的地基。我向四周看，就見周圍環繞群山，比飛雲閣那裏更開闊。憶香對著太湖大聲呼喊，引起群山都跟著響應。我們席地而坐，舉起酒杯暢快地飲酒，忽然覺得肚子很空，恰巧那少年準備爲我們煮焦飯來代替茶水，我們連忙讓他把茶改成粥，邀他一起喫飯。

原文 詢其何以冷落至此，曰：「四無居鄰，夜多暴客，積糧時來強竊，即植蔬果，亦半爲樵子所有。此爲崇寧寺下院，長廚中月送飯乾一石、鹽菜一壇而已。某爲彭姓裔，暫居看守，行將歸去，不久當無人跡矣。」雲客謝以番銀一圓。返至來鶴，買舟而歸。余繪《無隱圖》一幅，以贈竹逸，志快遊也。

譯文 我們問他爲甚麼這裏這樣冷落，他回答說：「周圍沒有人居住，晚上還常常出現強盜，存糧都被搶走了，即使是種一些蔬菜瓜果，也多半被砍柴的人摘走了。這裏是崇寧寺下屬的寺院，寺廟的廚房每月中旬給這裏送一石米，一壇鹹菜。我是彭姓的後人，暫時在這裏看守，馬上就要回去了，過不了多久，這裏就沒有人的蹤跡了。」雲客給了他一塊銀元作爲酬謝。

回到來鶴寺，我雇了一條船回到家裏。我畫了一幅《無隱圖》，並將這幅畫贈給竹逸，以紀念這次暢快的遊歷。

原文 是年冬，余爲友人作中保①所累，家庭失歡，寄居錫山華氏。明年春，將之維揚而短於資，有故人韓春泉在上洋幕府，因往訪焉。衣敝履穿，不堪入署，投剳約晤於郡廟園亭中。及出見，知余愁苦，慨助十金。園爲洋商捐施而成，極爲闊大，惜點綴各景，雜亂無章，後疊山石，亦無起伏照應。

註釋 ①中保：居中作保之人。

譯文 這年冬天，我爲朋友做擔保，結果受到連累，導致家庭不和，寄居在錫山華氏家中。我準備在來年春天到揚州謀生，但是路費不夠，我的老朋友韓春泉在上海做幕僚，因此前往拜訪他。我的衣服破爛，鞋子也壞了，我不好意思到府裏找他，就給他寫了一封信，約他到城隍廟園亭中相見。等他來到約定地點見到我以後，看出了我的困苦，慷慨地給了我十兩銀子。城隍廟園是由外國商人捐錢建造的，建造得非常開闊宏大，可惜點綴其間的景物雜亂無章，後園疊造的假山也沒有起伏照應。

原文 歸途忽思虞山之勝，適有便舟附之。時當春仲，桃李爭妍，逆旅行蹤，苦無伴侶，乃懷青銅三百，信步至虞山書院。牆外仰矚，見叢樹交花，嬌紅稚綠，傍水依山，極饒幽趣。惜不得其門而入，問途以往，遇設篷瀹茗①者，就之，烹碧羅春，飲之極佳。

詢虞山何處最勝，一遊者曰：「從此出西關，近劍門，亦虞山最佳處也，君欲往，請爲前導。」余欣然從之。

註釋 ①瀹茗：煮茶。清蒲松齡《聊齋志異・雲蘿公主》：「論文則瀹茗作黍；若恣諧謔，則惡聲逐客矣。」

譯文 回來的路上，我忽然想到了常熟虞山的景色，正巧有順路的船，我就登上船前去遊覽。當時正是仲春，桃李開得正盛，一路上，我夜宿晝行，衹遺憾沒有伴侶。到了虞山，我下了船，懷中揣著三百枚銅錢，信步走到虞山書院。我在牆外面仰望，看到院內樹木茂盛，繁花交織，紅得嬌豔，綠得稚嫩，書院依山傍水，具有優雅的情趣。可惜我沒能找到門進去，我一邊問路，一邊向前走，遇到有人搭著涼棚賣茶，我就找個位置坐下，讓他爲我煮一壺碧螺春，味道非常好。

我向賣茶的打聽虞山的景色哪裏最好，一個遊客告訴我：「從這裏出西關，鄰近劍門，就是虞山景色最好的地方。您要是想去，我願意給您帶路。」我很高興地答應了。

原文 出西門，循山腳，高低約數里，漸見山峰屹立，石作橫紋，至則一山中分，兩壁凹凸，高數十仞①，近而仰視，勢將傾墮。其人曰：「相傳上有洞府，多僊景，惜無徑可登。」余興發，挽袖卷衣，猿攀而上，直造其巔。所謂洞府者，深僅丈許，上有石罅，洞然見天。俯首下視，腿軟欲墮。乃以腹面壁，依藤附蔓而下。

其人嘆曰：「壯哉！遊興之豪，未見有如君者。」余口渴思飲，邀其人就野店沽飲三杯。陽烏將落，未得遍遊，拾赭石十餘塊，懷之歸寓。負笈②搭夜航至蘇，仍返錫山。此余愁苦中之快遊也。

註釋

①仞：古時八尺或七尺為一仞。②負笈：背著書箱。文中意思是在外地遊學。唐白居易《相和歌辭·短歌行二》：「負笈塵中遊，抱書雪前宿。」孫中山《中國之革命》：「滿清之昏弱，日益暴露，外患日益亟，士大夫憂時感憤，負笈於歐、美、日本者日眾。」

譯文

出了西門，沿著山腳，高高低低大約走了數里路，我漸漸能看到有山峰屹立，石頭都有橫紋，到了跟前，就看見一座山在中間分開，兩面的石壁凸凹不平，高十幾仞，走到跟前，感覺山好像要倒下來似的。和我一起遊覽的人說：「傳說山上有神仙住的洞府，有很多僊境般的景色，可惜沒有路能上去。」我忽然來了興致，挽起衣袖，像猴子那樣往山上爬，一直爬到了山頂。所謂的洞府，其實衹有一丈多深，上面有石縫，透過石縫能看到天空。我低頭向下看，感覺兩腿發軟，好像要掉下去。於是我把肚子貼到石壁上，抓著藤蔓慢慢地下來。

同遊的人感嘆道：「厲害呀！我還從來沒見過像您這樣豪爽的遊興。」我感到口渴想要喝水，就邀同遊的人到山中的小店買茶喝了三杯。太陽就要落山了，我還沒能遊遍所有的地方，我撿了十幾塊褚色的石頭，揣著帶回寓所。到了寓所，我收拾好行李，搭夜船到了蘇州，仍然回到錫山。這是我深陷愁苦的時候一次快樂的遊歷。

原文 嘉慶甲子春，痛遭先君之變，行將棄家遠遁，友人夏揖山挽留其家。秋八月，邀余同往東海永泰沙勘收花息①。沙隸崇明。出劉河口，航海百餘里。新漲②初辟，尚無街市。茫茫蘆荻，絕少人煙，僅有同業丁氏倉庫數十椽，四面掘溝河，築堤栽柳繞於外。

丁字實初，家於崇，爲一沙之首戶。司會計者姓王，俱豪爽好客，不拘禮節，與余乍見即同故交。宰豬爲餉，傾甕爲飲。令則拇戰，不知詩文；歌則號呶③，不講音律。酒酣，揮手舞拳相撲爲戲。蓄牯牛百餘頭，皆露宿堤上。養鵝爲號，以防海盜。日則驅鷹犬獵於蘆叢沙渚間，所獲多飛禽。

註釋 ①花息：利息。②新漲：泥沙沉積成沙洲不久。③號呶：叫嚷喧囂。語出《詩·小雅·賓之初筵》：「賓既醉止，載號載呶。」

譯文 嘉慶甲子年春天，我的父親去世，我悲痛得準備拋棄家室，遠遁深山時，我的朋友夏揖山極力挽留我住到他的家中。仲秋八月，夏揖山邀請我一起到東海永泰沙查收花紅利息。永泰沙隸屬崇明縣。出劉河口，航海大概有百餘里。在新淤的灘塗剛剛開闢，還沒有街市。遍地都是茫茫蘆荻，很少有人煙，祇能看到夏揖山姓丁的生意夥伴建造的數十間倉庫，倉庫四面挖溝開河，築上堤壩，栽著柳樹。

丁氏字實初，家就在崇明，他是整個永泰沙的首戶。擔任會計的人姓王，和姓丁的，都是豪爽好客、不拘小節的人，他們和我第一次見面就像見到多年的老朋友。他們宰豬款待我們，拿出所有的酒給我們喝。行酒令的時候，他們衹會猜拳，不會吟詩作對；唱歌衹是大聲號叫，不講究音律。酒喝到興處，他們又叫工人舞拳摔跤來助興。他們蓄養了百餘頭牯牛，晚上都露宿在堤上。他們還養鵝用來報警，以防止海盜。白天，他們就驅趕鷹犬到蘆葦叢中、沙灘小島間打獵，捕獲的獵物多是飛禽。

原文 余亦從之馳逐，倦則臥。引至園田成熟處，每一字號圈築高堤，以防潮汛。堤中通有水竇，用閘啟閉，旱則長潮時啟閘灌之，潦則落潮時開閘泄之。佃人皆散處如列星，一呼俱集，稱業戶曰「產主」，唯唯聽命，樸誠可愛。而激之非義，則野橫過於狼虎；幸一言公平，率然拜服。風雨晦明，恍同太古①。臥床外矚即睹洪濤，枕畔潮聲如鳴金鼓。一夜，忽見數十里外有紅燈大如栲栳②，浮於海中，又見紅光燭天，勢同失火，實初曰：「此處起現神燈神火，不久又將漲出沙田矣。」揖山興致素豪，至此益放。余更肆無忌憚，牛背狂歌，沙頭醉舞，隨其興之所至，真生平無拘之快遊也！事竣，十月始歸。

註釋 ①太古：上古，遠古。唐韓愈《原道》：「曷不爲太古之無事。」明王寵《旦發胥口經湖中瞻眺》詩：「渾沌自太古，漭泱開吳天。」②栲栳：用柳條或竹篾編成的盛物器具，也叫笆斗。北魏賈思勰《齊民要術·作酢法》：「量飯著盆中或栲栳中，然後寫飯著甕中。」

【譯文】我也跟著他們追逐，累了就躺在沙灘上。順著小路我來到田園中修建完工的地方，看見每個字號都修築了高高的堤壩圍了起來，以防漲潮。堤壩上設有水門，用閘門的開啟來控制，天旱的時候，就在漲潮的時開啟閘門引水灌溉，水澇的時候就在落潮的時候打開閘門洩洪。佃戶散居在各個地方，一招呼都聚到一起，他們稱地主爲「產主」，都畢恭畢敬，淳樸可愛。然而，要是有不義之舉激怒了他們，佃戶的狂野甚至超過虎狼；如果你說了一句公平的話，他們就會真心誠意地佩服。日出而作，日落而息，他們好像過著遠古人的生活。我躺在床上向外看，可以看到波濤滾滾，枕畔也能聽見潮水的聲音，像敲鼓的聲音那樣大。

一天晚上，我忽然看到數十里之外有像栲栳那麼大的紅燈，那些紅燈都浮在海面，衹見紅光照亮天空，就好像失火一樣，實初說：「這裏浮現神燈神火，不久，又會出現新的沙田了。」夏揖山向來興致豪爽，來到這裏就更加豪放。我更是肆無忌憚，在牛背上唱歌，在沙田上醉舞，想做甚麼就做甚麼，真是我平生無拘無束、暢快淋漓的遊歷啊！處理完事情後，我們在十月的時候返回。

【原文】吾蘇虎丘之勝，余取後山之千頃雲一處，次則劍池而已，余皆半借人工，且爲脂粉所汙，已失山林本相。即新起之白公祠、塔影橋，不過留雅名耳。其治坊濱，余戲改爲「野芳濱」，更不過脂鄉粉隊，徒形其妖冶而已。其在城中最著名之獅子林，雖曰雲林手筆，且石質玲瓏，中多古木，然以大勢觀之，竟同亂堆煤渣，積以苔蘚，穿以蟻穴，全無山林氣勢。以余管窺①所及，不知其妙。靈岩山，爲吴王館娃宫②故址，上有西施洞、響屧廊、采香徑諸勝，而其勢散漫，曠無收束，不及天平支硎之别饒幽趣。

【注釋】①管窺：從管中看物。比喻所見者小。②館娃宫：古代吴宫名，爲春秋吴王夫差爲西施所造的宫殿。在今江蘇省蘇州市西南靈岩山上，靈岩寺即其舊址。

【譯文】我們蘇州虎丘的名勝，我認爲以後山千頃雲的景色最好，劍池次之，其他的多數是借助人工，被脂粉汙染了，已經失去了山林的本來面目。後來新建造的白居易祠、塔影橋，也不過是取了高雅的名字。冶坊濱，我曾經將它戲改爲「野芳濱」，也不過是胭脂彩色的堆積，衹有妖冶的外型而已。在城中最著名的獅子林，雖然具有倪瓚山水畫的意境，石頭也玲瓏剔透，園中還有很多古樹，但整體看來，也好像是在亂堆的煤渣上，鋪了一些苔蘚，鑿了一些蟻穴，完全没有山林的氣勢。以我一管之所能看到的，確實没有美妙的地方。

靈岩山是吴王夫差修建的館娃宫的故址，山上有西施洞、響屧廊、采香徑等幾處名勝古跡，但是格局過於散漫，空曠没有約束，趕不上吴縣的天平山、蘇州西邊的支硎山别有幽趣。

【原文】鄧尉山一名元墓，西背太湖，東對錦峰，丹崖翠閣，望如圖畫。居人種梅爲業，花開數十里，一望如積雪，故名「香雪海」。山之左有古柏四樹，名之曰清、奇、古、怪：清者，一株挺直，茂如翠蓋；奇者，臥地三曲，形「之」字；古者，禿頂扁闊，半朽如掌；怪者，體似旋螺，枝幹皆然。相傳漢以前物也。

乙丑①孟春，揖山尊人蓴薌先生偕其弟介石，率子侄四人，往袱山家祠春祭，兼掃祖墓，招余同往。順道先至靈岩山，出虎山橋，由費家河進香雪海觀梅。袱山祠宇即藏於香雪海中，時花正盛，咳吐俱香，余曾爲介石畫《襆山風木圖》十二冊。

註釋 ①乙丑：指嘉慶乙丑年，即一八〇五年。

譯文 鄧尉山也叫元墓，西面背靠著太湖，東面正對著錦峰，紅色的崖石、青翠的樓閣，遠遠望去就像一幅畫。山上的人以種梅爲生，梅花開的時候，連綿數十里，遠處看去就像是積雪，因此又叫「香雪海」。山的左面有古柏四棵，名字分別是清、奇、古、怪：清，就是樹幹筆直挺立，枝葉茂密好像翠綠的大傘；奇，就是臥在地上彎了三彎，形狀像「之」字；古，就是樹頂光禿、扁平寬闊，半邊已經腐朽了，像張開的手掌；怪，就是形體好像旋轉的陀螺，樹枝和樹幹也是這樣。據說，這四棵樹是漢代以前就有的。

乙丑年正月，夏揖山的父親蓴薌先生和他的弟弟夏介石，帶著子侄四個人一同到袱山夏家祠堂去祭祀，同時祭掃祖墓，他們讓我也一同前往。我們順道先到了靈岩山，下了虎山橋，由費家河來到香雪海賞梅。袱山的夏家祠堂就隱藏在香雪海中。那時正值梅花盛開，香氣正濃，我爲夏介石畫了《襆山風木國》十二冊。

原文　是年九月，余從石琢堂殿撰①赴四川重慶府之任，溯長江而上，舟抵皖城。皖山之麓，有元季忠臣余公之墓，墓側有堂三楹，名曰「大觀亭」，面臨南湖，背倚潛山。亭在山脊，眺遠頗暢。旁有深廊，北窗洞開。時值霜時初紅，爛如桃李。同遊者爲蔣壽朋、蔡子琴。

南城外又有王氏園，其地長於東西，短於南北，蓋北緊背城，南則臨湖故也。既限於地，頗難位置，而觀其結構，作重臺疊館之法。重臺者，屋上作月臺爲庭院，疊石栽花於上，使遊人不知腳下有屋。蓋上疊石者則下實，上庭院者則下虛，故花木仍得地氣而生也。疊館者，樓上作軒，軒上再作平臺。上下盤摺，重疊四層，且有小池，水不漏泄，竟莫測其何虛何實。其立腳全用磚石爲之，承重處倣照西洋立柱法。幸面對南湖，目無所阻，騁懷遊覽，勝於平園。真人工之奇絕者也。

註釋　①殿撰：明清時對狀元的別稱。

譯文　這年九月，我跟隨石琢堂狀元到四川重慶上任，我們沿著長江逆流而上，坐船來到了安徽的皖城。皖山的山腳，有元末忠臣余闕的陵墓，在陵墓的旁邊有三間殿堂，名叫「大觀亭」，大觀亭面朝南湖，背靠潛山。亭子建在山脊上，站在上面遠眺十分暢快。旁邊有長長的走廊，北面的窗戶都開著。當時正是霜葉初紅的時節，燦爛得就像盛開的桃李花。和我一同遊覽的有蔣壽朋、蔡子琴。

在南城的外面還有王家的園林，整個地形東西長，南北短，這是因指蘇軾所作《前赤壁賦》和《後赤壁賦》。《前赤壁賦》是蘇軾在一生中最困難的時期創作的一篇作品，當時他被貶謫黃州。《後赤壁賦》是《前赤壁賦》的續篇，也可看成是姐妹篇。

【譯文】武昌的黃鶴樓建在黃鵠磯上，背後綿延黃鵠山，也叫蛇山。黃鶴樓一共有三層，雕樑畫棟，倚城屹立，面臨漢江，和漢陽的晴川閣遥遥相望。我和琢堂冒雪登上黃鶴樓，仰望長空，雪花漫天飛舞，遥看遠處的銀山玉樹，恍惚間覺得自己身處瑤臺僊境。江中往來的小船來回穿梭，在縱横翻騰的波濤上起伏，就像波浪捲著殘葉，看到這樣的景色，追求名利的心思也冷了下來。在黃鶴樓的牆壁上題寫的詩詞很多，我都記不住了，唯獨記得有一副對聯這樣寫道：「何時黃鶴重來，且共倒金樽，澆洲渚千年芳草；但見白雲飛去，更誰吹玉笛，落江城五月梅花。」

黃州赤壁在府城漢川門外，屹立在長江之濱，像是用刀劈斧鑿過的牆壁。石頭都是深紅色的，因此得名赤壁。《水經》中稱爲赤鼻山，蘇東坡當年在這裏遊覽的時候曾經寫了兩篇賦，說這裏是吳和魏曾經作戰的地方，實際上並不是。壁下面已經成了陸地，還建有二賦亭。

【原文】是年仲冬抵荊州。琢堂得陞潼關觀察①之信，留余住荊州，余以未得見蜀中山水爲悵。時琢堂入川，而哲嗣敦夫眷屬及蔡子琴、席芝堂俱留於荊州，居劉氏廢園。余記其廳額曰「紫藤紅樹山房」。庭階圍以石欄，鑿方池一畝；池中建一亭，有石橋通焉；亭後築土壘石，雜樹叢生；餘多曠地，樓閣俱傾頹矣。

客中無事，或吟或嘯，或出遊，或聚談。歲暮雖資斧②不繼，而上下雍雍，典衣沽酒，且置鑼鼓敲之。每夜必酌，每酌必令，窘則四兩燒刀，亦必大施觴政。

註釋 ①觀察：官名。唐代在不設節度使的區域設觀察使，稱「觀察」，是州以上的長官。宋代觀察使是虛銜。清代時成了對道員的尊稱。②資斧：貨財器用。

譯文 這年冬天，我和石琢堂到了荊州，琢堂得到陞任潼關觀察的資訊，我留住在荊州，由於沒能見到蜀中的山水我感到非常遺憾。當時琢堂去了四川，而他的兒子、家眷和隨從，以及蔡子琴、席芝堂都留在了荊州，住在劉備宮殿的遺址處。我記得當時廢園大廳題寫著「紫藤紅樹山房」的匾額。院子的臺階用石欄圍住，院子裏還開鑿了一個一畝大的方池；池中建造了一座亭子，有石橋通往亭子；亭子後面壘著土和石頭，雜亂地長著一些樹木；其餘的地方都是空地，樓閣都已經倒塌了。

我客居他鄉，沒甚麼事情可做，或是吟詩，或是唱歌，或是結伴出遊，或是聚在一起聊天。到了年底，雖然資金物品很難爲繼了，但是上上下下仍然和睦親近，賣了衣服買酒喝，而且還敲鑼打鼓作樂。每天晚上，大家一定會喝酒，每次喝酒一定會行酒令，即使祇有四兩燒刀子酒，大家也會講究喝酒的規矩。

原文 遇同鄉蔡姓者，蔡子琴與敘宗系，乃其族子也，倩其導遊名勝。至府學前之曲江樓，昔張九齡①爲長史時，賦詩其上，朱子②亦有詩曰：「相思欲回首，但上曲江樓。」城上又有雄楚樓，五代時高氏所建。規模雄峻，極目可數百里。繞城傍水，盡植垂楊，小舟蕩槳往來，頗有畫意。荊州府署即關壯繆帥府，儀門內有青石斷馬槽，相傳即赤兔馬食槽也。訪羅含宅於城西小湖上，不遇。又訪宋玉③故宅於城北。昔庾信遇侯景之亂④，遁歸江陵，居宋玉故宅，繼改爲酒家，今則不可復識矣。

是年大除，雪後極寒，獻歲發春，無賀年之擾，日惟燃紙炮、放紙鳶、紮紙燈以爲樂。既而風傳花信⑤，雨濯春塵，琢堂諸姬攜其少女幼子順川流而下，敦夫乃重整行裝，合幫而走。由樊城登陸，直赴潼關。

註釋

①張九齡：一名博物，字子壽，韶州曲江（今廣東韶關）人，唐代著名賢相。其在五言古詩方面，對掃除唐初所沿襲的六朝綺靡詩風貢獻很大。②朱子：朱熹，字元晦，號晦庵，南宋思想家，理學的集大成者。③宋玉：又名子淵，相傳他是屈原的學生。他創作了大量辭賦，流傳作品有《九辨》、《高唐賦》、《風賦》、《登徒子好色賦》等，但後三篇有人懷疑不是他的作品。④侯景之亂：南朝梁時由降將侯景發動的叛亂。梁武帝蕭衍信奉佛教，不理朝政，皇室招降納叛成風。太清二年（五四八年），侯景舉兵反叛，第二年攻破皇城，困死蕭衍，自己當丞相，執掌朝政。天正元年（五五一年），他進而自立爲帝，但不得人心，在稱帝的第二年就被部下所殺。⑤花信：即花信風，應花期而來的風。

長約三畝。東西鑿兩池，水從西南牆外而入，東流至兩池間，支分三道：一向南至大廚房，以供日用；一向東入東池；一向北摺西，由石螭口中噴入西池，繞至西北，設閘泄瀉，由城脚轉北，穿竇而出，直下黃河。日夜環流，殊清人耳。

註釋

①老子乘青牛：劉向《列僊傳》記老子出關：「後周德衰，乃乘青牛車去。入大秦，過西關。關令尹喜待而迎之，知真人也。乃強使著書，作《道德經》上下二卷。」在後人心中，老子是一位鬚髮皆白、大耳下垂、精神爽朗、神態安詳、乘青牛而隱逸的老者。

譯文

我們由山南閿鄉縣向西出了函谷關，就看到關上刻著的「紫氣東來」四個字，這裏就是老子當年騎著青牛路過的地方。兩山之間的過道非常狹窄，衹能容許兩匹馬並列前行。大約走了十里路，我們就到了潼關。潼關左邊背靠峭壁，右邊臨近黃河，關處於高山大河之間，扼守著咽喉的位置，樓閣垛臺重重疊疊，極爲雄峻。路過的車馬非常安靜，也很少發現人的蹤跡。韓愈曾寫詩道：「日照潼關四扇開。」大概就是形容潼關的冷清吧？

在潼關城中觀察使以下，僅設有別駕一個官職。道臺的官署緊靠著北城，官署後面有花園，大概佔地三畝。在東西兩頭還鑿了兩個池子，水從西南面的牆外引進來，向東流到兩個水池間，分成三股支流：一股向南流到大廚房，以供日常用水；一股向東流入東邊的池子；一股向北再轉向西，由石螭口中噴入西池，繞到西北，有閘門能將水排出道臺官署，流出去的水順著城牆跟向北流，穿過水閘門流出城外，直接匯入黃河。日夜環繞著流淌，能讓人的耳目清淨。

原文 竹樹陰濃，仰不見天。西池中有亭，藕花繞左右。東有面南書室三間，庭有葡萄架，下設方石，可弈可飲，以外皆菊畦。西有面東軒屋三間，坐其中可聽流水聲。軒南有小門可通內室。軒北窗下另鑿小池，池之北有小廟，祀花神。園正中築三層樓一座，緊靠北城，高與城齊，俯視城外即黃河也。河之北，山如屏列，已屬山西界。真洋洋大觀也！余居園南，屋如舟式，庭有土山，上有小亭，登之可覽園中之概，綠陰四合，夏無暑氣。琢堂爲余顏其齋曰「不繫之舟」。此余幕遊以來第一好居室也。土山之間，藝菊數十種，惜未及含葩，而琢堂調山左廉訪矣。眷屬移寓潼川書院，余亦隨往院中居焉。

譯文 院子中的竹樹茂盛，仰頭看不到天空。西池中有亭子，蓮藕荷花環繞在亭子周圍。院子的東面有三間南書房，院子中還有葡萄架，下面擺著方石，可以下棋，也可以喝酒飲茶，其他地方都是種菊花的園圃。在西面還有三間向東的軒屋，坐在屋子中能夠聽到流水的聲音。軒屋的南面還有小門直通內室。軒屋的北面窗下有小池子，池子的北面有小廟，用來祭祀花神。園子的正中建有一座三層樓，和北城緊靠著，和城一樣高，站在樓上俯視城外能看到黃河。河的北面，群山好像屏風一樣排列，這個地方已經屬於山西的地界。真是氣象萬千，蔚爲大觀啊！

我住在園子的南面，屋子好像船的樣子，庭院中有一個小土山，上面有一個小亭子，登上亭子能夠看到園中大概情況，小院的四面都綠蔭環繞，夏天也不覺得熱。琢堂爲我的居室題寫了齋名「不繫之舟」。這是我遊幕以來，住過的最好的屋子。土山和房屋之間，種著數十種的菊花，可惜沒等到花開，琢堂就被調到山東任巡撫。家眷隨從都跟著移居到潼川書院，我也跟著到書院居住了。

原文 琢堂先赴任，余與子琴、芝堂等無事，輒出遊。乘騎至華陰廟。過華封里，即堯時三祝①處。廟内多秦槐漢柏，大皆三四抱，有槐中抱柏而生者，柏中抱槐而生者。殿廷古碑甚多，内有陳希夷②書「福」、「壽」字。華山之腳有玉泉院，即希夷先生化形骨蛻處。有石洞如斗室，塑先生臥像於石床。其地水淨沙明，草多絳色，泉流甚急，脩竹繞之。洞外一方亭，額曰「無憂亭」。旁有古樹三株，紋如裂炭，葉似槐而色深，不知其名，土人即呼曰「無憂樹」。太華之高不知幾千仞，惜未能裹糧往登焉。歸途見林柿正黃，就馬上摘食之，土人呼止弗聽，嚼之澀甚，急吐去，下騎覓泉漱口，始能言，土人大笑。蓋柿須摘下煮一沸，始去其澀，余不知也。

註釋 ①三祝：祝頌語，以祝人壽、富、多男子爲「三祝」。②陳希夷：陳摶，字圖南，自號扶搖子，安徽亳州人，宋初著名道家隱士，宋太宗賜號希夷先生。

譯文 琢堂先去山東上任，我和子琴、芝堂等人無事，常常結伴出遊。我們騎著馬到華陰廟，路過華封里，就是堯時三祝的地方。廟內有很多秦漢時期的槐樹和柏樹，大多是都有三四抱那樣粗，有的槐樹中抱著柏樹生長的，也有的柏樹中抱著槐樹生長的。大殿偏庭中有很多古碑，其中有陳希夷所寫的「福」、「壽」字。華山的腳下有一個玉泉院，就是陳希夷先生坐化成僊的地方。院子里有一個像小房子的石洞，石床上躺著陳希夷先生的臥像。這里水流清澈，沙石明亮，草大多是深紅色，泉水湍急，茂盛的竹子環繞在周圍。洞外有一個方亭，匾額上寫著「無憂亭」。亭子的旁邊有三棵古樹，紋理像裂開的炭，葉子好像槐樹葉，但顏色深，我不知道樹的名字，當地人稱古樹爲「無憂樹」。華山不知道有幾千仞高，可惜我沒能帶著行囊乾糧去攀登。返回的路上我看到林中的柿子黃燦燦的，就馬上摘下來吃，當地人大呼我不要吃，我也不聽，把柿子放到嘴裏一嚼，纔發現特別澀，馬上吐了出來，下馬找到泉水漱口，纔能張嘴說話，當地人見了大笑不止。原來柿子摘下來以後，必須用沸水煮一下，纔能去掉澀味，可是我根本不知道。

原文　十月初，琢堂自山東專人來接眷屬，遂出潼關，由河南入魯。

山東濟南府城內，西有大明湖，其中有歷下亭、水香亭諸勝。夏月柳陰濃處，菡萏香來，載酒泛舟，極有幽趣。余冬日往視，但見衰柳寒煙，一水茫茫而已。趵突泉爲濟南七十二泉之冠，泉分三眼，從地底怒湧突起，勢如勝沸。凡泉皆從上而下，此獨從下而上，亦一奇也。池上有樓，供呂祖①像，遊者多於此品茶焉。明年二月，余就館萊陽。至丁卯秋，琢堂降官翰林②，余亦入都。所謂登州海市③，竟無從一見。

註釋 ①呂祖：即呂洞賓。傳說中的人物，八僊之一。②翰林：官名。清代翰林院屬官，如侍講學士、侍讀學士、侍講、侍讀等。③海市：大氣因光的摺射而形成的反映地面物體的形象。也稱蜃氣、海市蜃樓。

譯文 十月初，琢堂從山東派專人來接家眷隨從，於是，我們出潼關，由河南進入山東。

山東濟南府城內，西面有大明湖，其中有歷下亭、水香亭等名勝。夏天，在柳蔭濃密的地方乘涼，能聞到荷花飄來的陣陣清香，坐在船上到湖上遊玩，非常有情趣。我冬天的時候去遊大明湖，祇看見衰柳寒煙，一片白茫茫的湖水。趵突泉是濟南七十二泉中的第一泉，泉分三個泉眼，泉水從地底噴湧而出，像沸騰的水一樣。大凡泉水都是由上而下，祇有趵突泉是從下而上，這也是一處奇特的地方。池上建有閣樓，供奉著呂洞賓的畫像，遊人大多到這裏品茶休息。第二年二月，我就到萊陽府去任幕僚。到丁卯年（一八〇七年）秋天，琢堂降官做了翰林，我也跟著他到了京城。人們所說的登州海市蜃樓，我竟然一次也沒見到過。

凡是眼睛可以看到的，全部登錄在案。描繪山水的綺麗優美，記錄物產的光怪陸離，記載官府的典章制度，讚美雅士淑女的風度韻致。文字不講究矜誇奇麗，事實就是這樣。我對文字的淺陋感到慚愧，甘願承受尺蠖測海的譏笑；重要的是可以表達我的心聲，這樣可能比那些穿鑿附會的空話要好一些。

五月初一那天，正好趕上夏至，我們背著行囊上船準備起航。長期以來，朝廷冊封中山王都是在夏至這一天，乘著西南風出發，在冬至的時候乘著東北風回來。風是很講信用的。我們的船有兩條，正使和副使共同乘坐一條船。船有七尺長，船頭和船尾懸空起來的船艄有三丈長，船的深度有一丈三尺，寬二丈二尺，和歷來冊封的船相比，這次的船幾乎小了一半。

原文 前後各一桅，長六丈有奇，圍三尺；中艙前一桅，長十丈有奇，圍六尺，以番木爲之。通計二十四艙，艙底貯石，載貨十一萬斤奇。龍口置大炮一，左右各置大炮二，兵器貯艙內。大桅下橫大木爲轆轤，移炮昇篷皆仗之，葦以數十人。艙面爲戰臺，尾樓爲將臺，立幟列藤牌，爲使臣廳事。下即舵樓，舵前有小艙，實以沙布針盤。中艙梯而下，高可六尺，爲使臣會食地。前艙貯火藥貯米，後以居兵。稍後爲水艙，凡四井。二號船稱是。每船約二百六十餘人，船小人多，無立錐處。風信已屆，如欲易舟，恐延時日也。

譯文 船的前後各有一個桅杆，長六丈左右，圍一圈大概三尺；中艙前有一個桅杆，長十丈左右，圍一圈爲六尺。這些桅杆是用番邦的木頭做成的。船一共有二十四間船艙，船艙的底部貯存一些石頭，每條船可以裝載的貨物超過十一萬斤。在船的龍口處放置一門大炮，左右分別放兩門大炮，在船艙中還貯藏著兵器。大桅杆下面，橫一條大木頭作爲轆轤，移動大炮，昇降帆蓬，都需要借助轆轤完成，轉動的時候需要數十個人。船的艙面甲板就是戰臺，尾樓作爲將臺，樹立旗幟，排列藤牌，爲方便使臣辦公聽事。船的下面是舵樓，前面有個小艙，裏面裝著沙布和指南針的羅盤。從中艙的梯子下去，有個高度可達六尺的艙房，這裏是使臣喫飯的地方。前艙用來貯存火藥，後面是兵士居住的地方。船艄向後一些是水艙，一共有四口井。二號船的情形和一號船大致相似。每條船上大約有二百六十幾個人，船小但是人很多，沒有立錐之地。季風的信號已經傳來了，如果想要換成大船，恐怕要耽誤起程時的風向了。

原文 初二日午刻，移泊鼇門。申刻，慶雲①見於西方，五色輪囷，適與樓船旗幟上下輝映，觀者莫不歎爲奇瑞。或如玄圭，或如白珂，或如靈芝，或如玉禾，或如絳綃，或如紫紽，或如文杏之葉，或如含桃之顆，或如秋原之草，或如春湘之波，向讀《屠長卿賦》，今始知其形容之妙也。畫士施生，爲《航海行樂圖》，甚工。余見茲圖，遂乃擱筆；香崖雖善畫，亦不能辨此。

註釋 ①慶雲：五色雲。古人以爲吉祥、喜慶之氣。出自《列子·湯問》：「慶雲浮，甘露降。」《漢書·天文志》：「若煙非煙，若雲非雲，鬱鬱紛紛，蕭蕭輪囷，是謂慶雲。慶雲見，喜氣也。」

譯文

五月初二中午的時候，我們的航船在鼇門一帶停泊。到了下午四點左右，西方的天空出現了吉祥的雲彩，五彩斑斕，正好和樓船上的旗幟上下輝映，觀看的人沒有一個不讚歎稱奇的。這片祥雲一會兒像黑色的圭臬，一會兒像白色的玉石，一會兒像靈芝僊草，一會兒又像是玉雕的禾苗，一會兒像是深紅色的絲綢錦緞，一會兒像紫色的絲綢，一會兒像文杏樹葉，一會兒像掛滿果實的桃樹，一會兒像秋天原野上的衰草，一會兒像春天湘江上的波濤。我曾經讀過明代屠長卿的賦，今天纔知道他形容的美景究竟有多麼美妙。

一位姓施的畫士，畫了一幅《航海行樂圖》，畫工非常精巧。我看到這幅畫以後，就不再畫畫了；香崖雖然善於畫畫，也不能達到這樣的程度。